Todoroki
&
Hakobayashi
「猫耳探偵と恋人」

「環君」

羽越は僕の名を呼んだかと思うと、
問いかけようとした僕に不意に覆い被さってきた。

「しょ、所長?」

きつく抱き締められ、びっくりして呼びかける。

「少し、このままでいさせてくれ」

（本文P.163より）

Chara

# 猫耳探偵と恋人

猫耳探偵と助手2

愁堂れな

キャラ文庫

この作品はフィクションです。
実在の人物・団体・事件などにはいっさい関係ありません。

目次

猫耳探偵と恋人……5
あとがき……216

口絵・本文イラスト／笠井あゆみ

# 1

「にゃー」

「あ、はい。わかりました。そろそろ事務所、閉めますね」

「にゃにゃ」

「え？　夕食ですか？　うーん、そうだな……昨日が中華だったから、和か洋ですかね？　あ、僕、カツ丼、食べたいかも」

「にゃー」

「賛同、ありがとうございます。何買ってくればいいでしょうか」

「にゃ」

「今、メモを書くから待て……で、あってますか？」

僕は今、中野《なかの》駅から徒歩にして十五分程度のところにある、今にも崩れ落ちそうなボロい雑居ビルの一室にいる。

雑居ビルといっても、テナントは僕の勤務先一つしか入っておらず、あとはすべてかなり長いこと『入居募集中』状態であるらしい。

築三十年、冷暖房も懐かしのセントラルヒーティングの上、エレベーターもついていないビルの一室にいる僕は何も、室内に潜り込んできた野良猫と会話をしているわけじゃない。

僕の職場でもあるこの部屋の中にいるのは僕を含めて二名。僕のデスクから少し離れたところで一日の仕事を終え、やれやれというように伸びをしているのは野良猫ではなく僕の雇用主であり、しかも『眉目秀麗《びもくしゅうれい》』という表現がこうもぴったりくる男はいまいとなんの躊躇《ちゅうちょ》もなく思える、超絶なイケメンである。

彼の名は羽越真人《はねこしまさと》、三十二歳。職業は探偵。ただの探偵ではない。超がつくほど有能な、いわゆる『名探偵』だ。

それを証拠に、警察から捜査協力の連絡が頻繁に入り、彼らがとても自分たちの手には負えないと判断した難事件を羽越は、あっという間に解決する。月に二、三度、多いときには毎週のようにお呼びがかかるのである。

民間人が警察の捜査に協力するなど、小説かドラマの世界でしか起こりえないと思っていたが、現実にもあるんだということを、三ヶ月前、とあるきっかけで羽越に会って初めて僕は知ったのだった。

実は羽越が警察の捜査に協力するようになったのにもまた『とある』理由があるのだが、それはさておき、この『名探偵』には、物凄《ものすご》く珍しい特徴があった。

よくいえば『さすが稀代《きたい》の名探偵、人とは違う』、悪くいえば『ちょっと頭おかしいんじゃないの?』という評価を受けるに違いないあまりに珍しい特徴というのがすなわち、冒頭の彼との会話である。

そう、さっきから『にゃー』しか言わない僕の話し相手はこの、稀代の名探偵にして稀代の変人でもある超絶イケメン、羽越だったのだ。

羽越が現場で推理を繰り広げるのを初めて見たとき、僕は物凄くびっくりした。勿論《もちろん》、あっという間に事件を解決に導いた羽越の卓越した推理力に驚いたというのもあるが、それ以上に僕を驚かせたのは推理に入る際の彼のけったいな格好だった。

なんと彼はポケットから取り出した、ぬいぐるみの猫耳がついたカチューシャを、すちゃっと頭に装着し、一声高く鳴いたのだ。

『にゃー』

三十過ぎの、そして身長百八十センチ以上の、そしてしつこいようだが超イケメンの、大の大人がいきなり『にゃー』である。顔立ちが整っているだけに、そのシュールさは半端なかった。

実は『猫耳』装着にもまた理由はあるのだけれど、それもさておき――なんだかさておいてばっかりだが――出会った当初は推理のときくらいにしか鳴いていなかった羽越が、三ヶ月という月日を経るうちに随分と僕に慣れたのか、日常会話を『にゃー』に置き換えるようになってきた。

彼の意図はまさに『以心伝心』それに尽きるのではないかと思う。

言葉に出さずとも気持ちは通じている。その証明をしたいから――というのはあまりに自分に都合のいい解釈で、羽越にしてみたらただ言葉を発するのが面倒なだけかもしれないが、このところよく彼はこうして『猫語』で会話を成立させようとする。

彼は僕の雇用主であるし、それに年長者でもあるので、たいがいのことは命令だと思うと受け入れることができる。

二十四歳の今になるまで、よくいえば臨機応変に、悪くいえばこれといった信念もなく、いい加減に生きてきた。

なのでおおかたのことは理不尽と思いつつも軽く流せるのだが、さすがに会話がすべて『にゃー』というのでは困る。

人の言葉を話してくれない、というのは、いくら部下であろうが若輩者《じゃくはい》であろうが、クレームをつけられるレベルだとは思うのだが、それをしないのはぶっちゃけ、僕自身がこの『にゃー』を楽しんでいるからだった。

誰にも通じない羽越の『にゃー』の一声の意味を、僕だけが察することができるのだという優越感。それに酔いしれているのはズバリ――。

僕と羽越は同性同士ながら付き合っており、今や蜜月状態といってもいいほどの熱々の仲なのだった。

探偵事務所の扉の向こうには、『小公女《しょうこうじょ》セーラ』の屋根裏部屋よろしく――我ながらよくわからないたとえだ――ボロい事務所とは雲泥の差の、瀟洒《しょうしゃ》といっても全然無理のない素敵な自宅スペースがあり、とある事件に巻き込まれ、火事で住む場所を失った僕は、三ヶ月前から羽越の自宅で共に暮らしている。

聞かれる前から言うなという感じだが、勿論寝室も一緒だ。更に言えば、何か、それこそ事件関係で夜中に急な呼び出しが警察からない限り、つまりはほぼ毎日僕らは一つベッドの中で二人して熱い夜を過ごす。

まさに身も心も通じているので、羽越が『にゃー』と鳴くだけで僕はもう、彼が言いたいことがわかるようになった――というほど、どうやら世の中は甘くはないようだ。

「惜しいな、環君《たまき》。さっきの『にゃー』は『カツ丼はちょっと胃に重すぎるから、海鮮丼にしたいな』だった。『にゃ』は『どうせなら外に食べに行かないかい?』と聞いたんだよ」

「わからなかったー」

これが恋する相手じゃなければ『にゃ』でそこまでわかるかっと怒鳴りつけていたことだろう。が、僕は自分の理解力のなさに本気で落ち込んでいた。

「落ち込むことはない。いいところまでいってたよ」

素直に落ち込めるというのも『恋の力』。そして項垂《うなだ》れた僕を羽越が慰めてくれるのもまた『恋の力』に他ならない。

「それじゃ、行こうか」

羽越がにっこり笑い、僕の肩を抱いてくる。

「はいっ」

自然と声が弾んでしまったのは、期せずして勤務時間後にすることとなった『デート』に胸を躍らせていたからだった。

三ヶ月前の自分は、まさかこんな幸せな日常が将来待ち受けているなんてこと、想像すらしていなかった。

会社はクビになるわ、アパートは放火されて全焼するわ、殺人事件の容疑者にはなりかかるわ、と十年分――否、一生分の不幸が一気にやってきていたそんなとき、僕は羽越に会い、彼によって救われたのだ。

職を失い、住居を失った僕に、羽越はそのどちらをも提供してくれた。だから好きになった——というほど現金な性格はしていないが、それらは二人が付き合うきっかけにはなった。

僕は羽越の珍妙に見えて実は意味のあった猫耳パフォーマンスの、その意味ごと好きになり、羽越もまた僕の……なんだろう、ちょっと抜けているところ——か？　に惹かれるものを初対面のときから感じてくれていたそうで、結果、めでたく二人は両想いになれた。

ゲイである自覚は結構昔からあったが、本当の意味で人を好きになったことはなかった。それに気づかせてくれたのも羽越だった。

心の底から好きだと思える相手にもまた、心の底から好きだと思ってもらえることがどれほど幸福かを教えてくれたのも羽越だ。

「片付けは終わった？」

「はい。戸締まりもしました」

「じゃあ、行こうか」

微笑《ほほえ》みかけてきた羽越に、僕もまた、

「はい」

と微笑み返す。

海鮮丼が食べたいということだったから、行き先は多分、羽越が贔屓《ひいき》にしている事務所近くの頑固オヤジが大将をしている寿司屋だろう。

海鮮丼を食べながら少し日本酒を飲み、二人してほろ酔い状態で帰宅する。そのままソファに倒れ込み、唇を合わせ、そして――。

いつしかめくるめく快楽の世界まで想像してしまっていた僕は、耳許でくすりと笑われ、はっと我に返った。

「気もそぞろだね、環君」

「そ、そんなことないです」

羽越は名探偵ゆえ、僕の思考を完璧に読む。今のを読まれたとしたらちょっと恥ずかしいぞ、と赤面しつつ僕は、

「早く行きましょう」

と羽越を外に連れ出すことで会話を終わらせようとした。

「これ以上はからかわないよ」

だがその心理もまた羽越にはお見通しだったようで、にやにや笑いながら僕の赤い顔を敢えて覗《のぞ》き込んでくる。

「もう……」

意地悪なんだから、と睨《にら》むと羽越は楽しげな笑い声を上げ、またも僕の肩を抱いてきた。

「なぜわからないかな。考えていることは一緒ってことだよ」

耳許で囁《ささや》かれ、どき、と鼓動が高鳴る。

「どうする？　いっそのこと、出前でもとろうか」

そう囁いてきた羽越の心理は、名探偵じゃない僕でもよくわかった。

要はこのあとはずっと家の中で過ごそうと——早く食事を終え、その後、僕と羽越が二人して『考えていることは一緒』の行為に耽《ふけ》ろうと、そう言いたいんだろう。

それなら出前じゃなく、と言いかけた僕の先回りをし、羽越が口を開く。

「この間冷凍しておいたカレーがあったな。出前はやめてそれにしようか」

「……僕、カレーが食べたいな、と思ってたんです」

またまた、と自ら突っ込みを入れそうになりつつわざとらしい答えを返すと、羽越はくす、と笑ったものの、宣言どおりもう僕をからかってはこなかった。

「以心伝心」

ぱち、と片目を瞑《つむ》り、実に満足そうに頷《うなず》いてみせる。あまりに魅惑的なそのウインクを見た瞬間、またも僕の鼓動は跳ね上がり、頬《ほお》に血が昇ってきた。

「さすがに食事はしよう」

「そんなこと、考えてないですよ?」

またも僕の心を読んだ——というより、状態を見抜いた、か——羽越の言葉に反論すると、

「嘘はよくない」

と羽越が笑う。

「嘘じゃないです」

「ちらりとも考えなかったと断言できるかい?」

「それは……」

できないと口ごもった途端、笑いを堪えている羽越の顔が視界に飛び込んできた。

「ひどい。やっぱりからかったんじゃないですか」

もうからかわないと言ったのに、と恨みがましく羽越を睨む。

「環君が可愛《かわい》いからつい、からかいたくなるのさ」

「可愛くなんてない」

「可愛いよ」

「もう、知らない」

「可愛いって」

もしこんな場面を誰かに——たとえばよく事務所を訪れる、羽越の友人にして難事件の際彼

を現場に呼び出す警視庁捜査一課の刑事、等々力《とどろき》などに見られようものなら、なんたるバカップルと呆《あき》れられたことだろう。

実際、彼には何度か呆れられたことがあるし、自分でも『バカップル』だなあという自覚はある。

だが僕らは恋人同士になってまだ三ヶ月なのだ。まさに毎日が蜜月状態であるゆえ、多少の浮かれっぷりは大目に見てもらいたい。

「君の可愛らしさについてはこのあとゆっくり説明するとして、さあ」

羽越が僕の背に腕を回し、生活スペースへと通じるドアへと促す。

『さすがに食事はしよう』

と羽越は言っていたが、このままだと多分、僕らが向かうのはキッチンでもダイニングでもなくきっと寝室になりそうだ。

そんなことを思いながら僕と羽越が事務所をあとにしようとしたそのとき、ドンドンドン、といきなりドアが物凄い勢いで叩《たた》かれたものだから、ぎょっとして振り返ってしまった。

「何事だ？」

羽越が眉を顰《ひそ》めつつ、ドアへと近づいていく。

「だ、大丈夫ですか？」

時刻は六時過ぎ。三月半ばの今、日は暮れきっていないので外はまだ明るい。とはいえ、外にいるのが危険人物ではないという保証はない。

警察の捜査に協力した際、逮捕された凶悪犯の恨みを買うこともある。服役していた彼らが釈放されたあとに、復讐《ふくしゅう》にやってくるという可能性はゼロじゃない。

ゼロじゃないどころか、確率的には高いんじゃあ、と思ったと同時に僕はドアへと向かう羽越に駆け寄り、背中にしがみついていた。

「危険かもしれません」

「大丈夫だよ」

根拠があるのか、ないのに僕を安心させようとしているのか、肩越しに振り返って微笑むと羽越は僕に手を解かせ、尚もドアへと向かう。

「警察、呼びましょうよ」

扉を叩くダンダンという音はますます高くなっていた。やっぱりこの叩き方は異常だ。すぐ一一〇番通報を、と受話器を取り上げかけたそのとき、ドアの向こうから甲高い声が響いてきた。

「羽越さん！　開けて！　開けてください！　助けてくださいー!!」

「あれ？」

この声は——聞き覚えがあるぞと、眉を顰めた僕を再び羽越が振り返り、肩を竦《すく》めてみせる。

「呼ぶまでもなかったな」

そして大股《おおまた》でドアへと近づくと羽越は、外開きのそのドアを大きく開いて、営業時間外の訪問者を迎えた。

「羽越さんっ！」

開いた扉から飛び込むようにして室内に入ってきたのは、羽越にとっては馴染みのある人物だった。僕も一応面識はある。が、口を利いたことはほとんどない。

なぜなら常に彼は僕を無視するから——今もまた、僕などまったく眼中にない様子の彼を前に密《ひそ》かに溜め息をつく。

僕と羽越の夕食の時間を妨害してくれたこの男——妨害されたのが『夕食』だったらもう少し寛大な気持ちにもなれたかもしれない。

加えて常日頃から僕に対し、いい感情を抱いているとはあまり思えない相手だ、と羽越に縋《すが》る男を見る。

男——というより『少年』といったほうが相応《ふさわ》しい外見を彼はしていた。しかもとびきりの『美』少年である。

くるくる巻き毛で、零《こほ》れ落ちそうなほどの大きな瞳の持ち主であり、まるで外国の映画にでも出てきそうな美少女と見紛う可愛らしい外見をしているその男は実は、とても『少年』といえるような年齢ではなかった。

　僕より三つも年上の二十七歳。職業はなんと――刑事、しかも警視庁捜査一課の刑事なのである。

「どうした？　箱林《はこばやし》君。まずは落ち着きなさい」

　名前は箱林恭一郎《きょういちろう》。実に珍しい名字である。その名前のせいもあるが僕は常に彼を心の中で『箱林少年』と呼んでいた。出典？　は言うまでもなく江戸川乱歩《えどがわらんぽ》の明智《あけち》探偵の美少年助手、小林《こばやし》少年である。

　色白の頰を真っ赤に染め、涙で目を潤ませながら縋りつく箱林少年は、彼より年下の僕でさえも庇護《ひご》欲《よく》を駆り立てられた。

　きっと羽越もそうなんだろうなと、少々面白くなく思いつつ僕は、明智先生ならぬ羽越が箱林少年の両肩を摑《つか》み、じっと目を見つめるようにして綺麗《きれい》なその顔を覗き込む様を眺めていた。

「すみません……でも……でも……」

　いよいよ箱林少年の瞳から、大粒の涙がぼろぼろと零れ落ちた。泣いちゃったよ！　と、傍で見ていた僕のほうがおろおろしていたが、羽越はまるで動じることなく、実にスマートに、そして優しく、そう、僕がつい嫉妬心《しっとしん》を抱いてしまうほど素敵に箱林少年を宥《なだ》め始めた。

「泣きたいのなら泣きなさい。君が話せるようになるまで待っていてあげよう」

「ううっ」

それで箱林少年の涙腺は崩壊したようで、嗚咽《おえつ》を漏らしたかと思うと、そのまま羽越の胸へと飛び込み泣きじゃくり始めた。

「よしよし」

羽越が赤ちゃんをあやすかのように、ぽんぽんと箱林少年の背中を優しく叩いている。

相手が美少年なだけに——僕より年上だから『少年』ではないが——正直、面白くはないが、あまり嫉妬を感じないのは、箱林少年が誰に心酔しているかを知っていたためだった。『心酔』という表現より『純愛』といっていい想いを彼が抱いている相手。それは彼が常に行動を共にしている、彼の上司にしてこの羽越の友人でもある等々力警部補に違いなかった。

僕はどちらかというと他人の恋愛事情には疎いほうであり、以前の職場でも誰と誰が付き合ってるといった話は噂《うわさ》が社内の隅々に浸透するまで気づかないパターンが多かった。

その僕でさえ気づくほど、箱林少年の恋心はだだ漏れだった。第一、彼が僕に対し冷たい態度を取るのはズバリ、等々力が頻繁に羽越の事務所を訪れるからであり、現場でも等々力が気易く僕に声をかけてくれるからなのである。

羽越に対しては箱林少年の嫉妬心は働かないらしい。おそらく二人の間にあるのが愛情ではなく長年の友情であるとわかっているからと、もう一つ、これは穿《うが》った見方かもしれないが、羽越と自分を比較した場合、何においてもかなわないと思っているから——じゃないだろうか。当然ながら僕に対しては『かなわない』部分など何一つないから、嫉妬もできる。実際、等々力が僕に対して特別な感情を抱いているなんてことはまるでなく、それどころか僕のファーストネームを知ってるかすら危ういんじゃないかと思っている。

等々力が僕に親しみを覚えてくれているのは、僕が羽越の恋人だと知っているからだ。友人の恋人に敬意を表してくれているだけだとわかるが、それ以上に『わかる』のは等々力は百パーセント、ゲイではないということだ。

ゲイはゲイ同士、通じるところがある。すれ違いざまピンとくるものなのだが、等々力からは何も感じない。

とはいえ、羽越に対しても何も感じなかっただけに、百パーセントの確率とはいえないのだが、それでも等々力は違うんじゃないかと思うのは、等々力の仕草も行動もあまりにストレートであるためだった。

——なんてことを僕が考えている僅《わず》かな間に、さすが刑事といおうか、箱林少年は立ち直り涙を拭《ぬぐ》っていた。

「すみませんでした。取り乱して」

羽越の胸から身体を起こし、恥ずかしそうに項垂れる。

「かまわない」

羽越はにっこりと微笑んだかと思うと、ポケットから綺麗にアイロンのかかったハンカチを取り出した。

「これを使うといい」

「……ありがとうございます」

箱林が礼を言い、ハンカチを受け取る。普通なら恋に落ちるところだが、等々力一筋の箱林は対象外だったようだ。

遠慮なく涙を拭ったあと、チンと鼻までかんだ彼を見て僕は、心の中で『ぶれない……』と呟《つぶや》いていた。

「それで?」

ようやく会話ができるようになった。そう判断したらしい羽越が、箱林の顔を覗き込む。

「あの……助けてほしいのです」

酷《ひど》く思い詰めた様子で訴えかけてきた箱林の意図が摑めなかったらしく、羽越が問いを重ねる。

「助けるって? 君を? それとも警察の捜査を?」

また難事件でも起こり、それに羽越の手を借りたい——というのとは違いそうだった。第一、そういった場合は必ず等々力から連絡が入る。

そう、箱林ではなく——それは羽越もわかっていただろう。なのに箱林に問いかけたのは未だに何かを言いよどんでいる彼の口を滑らかにさせようという意図のもとのことと思われた。

質問し、答えを得る。そうすることが話をスムーズに進めるという羽越の判断が正しいことはすぐ証明された。

「両方……です」

「両方？」

だが、その答えは羽越にとっても予想外だったようで——ちなみに僕にとってもだ——意外そうに目を見開き、箱林を見下ろした。

「どういうこと？」

小首を傾《かし》げるようにして尋ねた羽越の胸に再び縋り付くようにして、箱林が訴えかける。彼の発言を聞いた途端、僕は驚きのあまり絶叫といってもいいほどの大声を上げてしまったのだった。

「等々力さんが殺人の容疑で現行犯逮捕されてしまったんです。でも等々力さんがそんなこと、するわけがありません。羽越さん、どうか等々力さんを……等々力さんを助けてください!!」

「うそっ!?」

室内に僕の間抜けな大声が響き渡る。それが箱林の神経に障ったらしく、今までのしおらしい態度はどこへやら、きつい眼差しを僕へと向けてきた。

「僕がわざわざ嘘をつくために、こんなところまで来たとでもいうんですか！　この大変なときにっ！」

「す、すみません」

慌てて謝ったものの、『こんなところ』はちょっと失礼じゃないのか、と心の中で呟く。

「『こんなところ』でごめんね」

羽越は心の中ではなく、苦笑しつつも直接箱林に告げたが、箱林は恐縮するでもなく逆に、

「お気になさらず」

と言い返していた。

よほど気が動転しているのか、はたまた本心から『こんなところ』と思っているのか、追及したいが今知りたいのはそれより、と僕は会話を再開した二人へと注意を向けた。

「等々力は殺人容疑で逮捕されたということだけど、どういった事件なんだい？　現行犯逮捕というのはどういう経緯で？」

「羽越さん、最近マスコミでもよく取り上げられている『美人ホステスストーカー連続殺人事

件』……ご存じですか?」

「えっ」

またもここで僕が大きな声を上げたのは、今やテレビのワイドショーで見ない日はない、あの事件の犯人として等々力が逮捕されたと思ったからだ。

話の運びとしてそうだろう。正しい判断だと思うのに、なぜか箱林ばかりか羽越にまで、じろ、と睨まれてしまった。

「ちょっと、静かにしてください」

「落ち着くんだ、環君」

「……逆によく落ち着いていられますね」

連日報道されている事件の概要はこうだ。

一人目の被害者の男性は二ヶ月ほど前、隅田川《すみだがわ》に浮かんだ。ナイフで胸を刺され、隅田川にかかるいずれかの橋から投げ込まれたらしい。

身元は早い段階でわかったが、一流会社の役員であり、殺害されるような要因は何一つ見つからなかった。

その後、二週間ほどして、また隅田川に遺体が上がった。大学病院の教授にして医師でもあった彼もナイフで胸を刺された上で川に投げ込まれていたのだが、殺害方法が似ていることから、二つの事件の関連性を警察が捜査し始めていたそのとき、マスコミに匿名の密告《タレコミ》があった。

二人は銀座《ぎんざ》の高級クラブ『紫苑《しおん》』の常連であり、なおかつ人気ホステス『ゆかり』の客だというもので、警察がその『ゆかり』に聞き込みをかけた結果、当該の二人から彼女はストーカーめいた行為をされていたと判明したのだ。

実際、ゆかりの携帯には二人から頻繁に電話がかかっていたし、彼女のマンション周辺では、被害者二人の姿が頻繁に目撃されていた。

実害は今のところなかったものの、家の周囲を徘徊《はいかい》されるのは迷惑だと、ゆかりは店のママに相談を持ちかけており、ママからは何かが起こってからでは遅いから、警察に相談したほうがいいというアドバイスを受けていた。

ママはそれを誰にも言わなかったというが、どうもマスコミに密告したのは同僚のホステスらしく、マスコミはあっという間にそのネタに飛びつき、ゆかりは今や『時の人』となっている。

というのもマスコミ報道がされたあと、もう一人、今度は代議士の秘書の刺殺体が隅田川で上がったのだが、彼もまたゆかりの客であり、彼女に対してストーカーめいた行為をしかけていたことがわかったからだった。

ゆかりへのマスコミの取材攻撃は今、勤め先のクラブのママが常連客の代議士の力を借り阻止しているが、マスコミも負けてはおらず、日々報道は続いていた。

いるかどうかもわからない四人目の被害者候補捜しも開始されており、ゆかりの客が悉《ことごと》くマークされているという。

三人もの客にストーカー行為をされるだけあるゆかりの美貌《びぼう》も相俟《あいま》って、今や事件の行方は全国民の注目の的といってもいい状態なのだが、その事件に等々力がかかわっているのなら落ち着いている場合じゃないだろう、と僕は羽越と箱林、二人に主張した――が綺麗に無視されてしまった。

「美人ホステスストーカー事件、さすがにあれだけ毎日報道されれば知っている。それがどうした？」

羽越が淡々と箱林に問いかける。

「その犯人がわかったのです」

「ええっ」

またも驚きの声を上げたのは僕だけで、羽越は片方の眉を軽く上げただけで再び口を開く。

「しかし犯人は等々力ではない」

「はい……」

箱林は一瞬項垂れたが、すぐに顔を上げ、キッと羽越を睨むようにして目線を合わせると、またも僕に驚きの絶叫を上げさせるような言葉を口にしたのだった。

「等々力さんには、その犯人を殺害した容疑がかかっているんですっ」

「なんだってーっ⁉」

しかし絶叫したのは僕だけで、羽越はそんな僕を一瞥《いちべつ》すると一言、

「少しは落ち着きたまえよ、環君」

そう、呆れていることを隠そうともせず言い放ち、今、動揺しなくていつ動揺するんだ、と僕に非常なる憤りを覚えさせてくれたのだった。

## 2

箱林少年はすっかり落ち着いたらしい。

「詳しい話を聞かせてもらえるかな」

羽越がそう言い、彼をソファに導いたときにはもう泣く気配もなく、刑事の顔を取り戻していた。

「環君、待っていてあげるからコーヒーをお願いできるかい？」

「あ、はい。わかりました」

羽越の指示に頷き、コーヒーを淹《い》れにバックヤードへと向かおうとする。と、その背に箱林の棘《とげ》のある声が刺さった。

「彼に説明を聞かせる理由がわかりません」

「…………」

そんな悪態をつけるくらいならもう大丈夫だろう。海よりも深く空よりも広い心で僕はそう判断すると、煮詰まったコーヒーを持ってきてやろうと思いながら、事務所のドアからバックヤード——早い話が生活スペースに入ったのだった。

運の悪いことに——ってほんとに僕は性格が悪い——コーヒーはあまり煮詰まってはいなかった。美味しそうな香りをたてているそれをカップ三つに注ぎ事務所に引き返すと、羽越は箱林の向かいのソファには座っておらず、デスクで書類を捲《めく》っていた。

「あの、コーヒー入りました」

「ご苦労」

僕が声をかけるとようやく羽越はデスクから立ち上がった。箱林が僕を取り殺しそうな目で睨んだところをみると、どうやら僕がいない間に話を進めようとして、羽越に断られたと思われる。

実際、事件に興味はあったが、詳細を聞いたところで僕が何かの役に立てるとは思えない。なんだか申し訳ないなと思いつつコーヒーをサーブしていた僕だが、箱林に尚もきつく睨まれ、罪悪感は少しだけ払拭《ふっしょく》された。日頃の不当とも言うべき彼の態度の悪さを思い出したのだ。

「それじゃあ箱林君、等々力が巻き込まれたという事件の説明をしてくれるかい？」

羽越が鷹揚《おうよう》な態度でソファへと歩み寄り、腰を下ろす。彼に目で、君も座れと促されたので、僕も羽越の隣に腰を下ろし、話を聞こうと箱林を見やった。

「チッ」

確かに今、箱林は舌打ちしたと思う。綺麗な顔に似合わず性格キツいな、と唖然《あぜん》としたのも束の間、渋々といった感で始めた彼の話に僕は意識を集中させていった。

「……今日の午前二時、隅田川沿いで男の遺体が発見されたのです。聖路加《せいろか》タワー近くの公園でした。凶器は今までの事件と同じくナイフで、そのナイフで刺されていたのが……」

「ストーカー事件の犯人?」

待ちきれず問いかけた僕を感じ悪いくらいにさらっと無視し、箱林は話を続けた。

「都内在住の弁護士でした。彼もまたクラブ『紫苑』の——しかもゆかりの客だったのですが、彼こそがゆかりのストーカーたちを殺していたと思われる証拠が発見されたのです」

「なるほど」

羽越が頷き、先程僕を驚かせた言葉を口にする。

「そのストーカー殺人犯を殺害したのが等々力とされているんだね」

「えー」

「そうなんです……」

やはり信じがたい、と思わず上げた僕の声と、がっくりと肩を落とした箱林の声が重なって響く。

「環君、君はもう少しリアクションの幅を広げたほうがいい」

「え」

わけのわからない注意を受け、またも注意されそうなワンパターンともいうべきリアクションをしてしまった僕を一瞥《いちべつ》したあと、羽越は新たな問いを箱林に発した。

「現行犯逮捕と言っていたね。ということは遺体の傍に彼がいた？」

「はい」

「凶器を持って？　意識は？」

「ありませんでした。被害者と揉《も》み合った際、頭を打ったのではないかと」

「ナイフを刺したのは揉み合った際？」

「…………はい…………」

ますます項垂れた箱林に対し、容赦なく羽越が問いを重ねる。

「自白はしたの？　それとも誘導尋問？」

「誘導尋問……をされていました。が、等々力さんは黙秘を貫いています」

「やったとは言っていない」

羽越がじっと箱林を見つめる。

「はい」

力強く頷いた箱林だったが、続く羽越の問いに答える彼の声は震えていた。

「でも『やってない』とも言ってないんだね」

「……………はい…………」

頷きはしたがすぐに顔を上げ、箱林は熱く訴え始めた。

「でも、等々力さんが人を殺すわけないんです。羽越さんもそう思うでしょう?」

「本人は否定していないんだろう?」

「肯定もしていません!」

強い語調で言い切った箱林が、はっとした顔になる。

「す、すみません……」

「なぜ否定しないんだろう。あいつは嘘をつけるような男じゃない」

首を傾げる羽越に、箱林が弱々しく首を横に振る。

「わかりません……とにかく、等々力さんは黙秘し続けているんです……っ。上司が質問しても答えません。僕が……僕が聞いても……っ」

箱林の感情はここで高ぶったようで、絶句し、暫《しばら》く口を閉ざしていた。

沈黙のときが暫《しば》し流れる。

「……等々力さんにとって僕は……信頼しうる相手ではなかったということです」

ぽつり、と告げられた箱林の言葉は、その声音も相俟って酷く切なく僕の耳に届いた。

「…………」

そんなことはない——と言ってやりたかったが、お前がどれだけ二人のことを知っているのだと罵《のの》られて終わりだと思ったため、口を開くことはできなかった。

僕は遠慮したというのに、羽越にはどうやら、その手の配慮はまったく備わっていなかったようだ。

「なぜ等々力は黙秘をしているのか。理由となり得る事項は二つある」

ニュースキャスターでもここまで淡々とはしていまいというクールさで、羽越は言葉を続けていった。

「一つ目は実際彼が犯行をなしている場合。だが彼は嘘をつける性格ではない。もしもやったなら迷わず『やった』と主張するはずだ。その記憶がないのでなければ」

「記憶がないのに『やった』ケースはありますか?」

やったもやらないも、本人が自覚しているだろうに、と思ったゆえの僕の質問は、羽越に即答されて終わった。

「クスリを投与されていた等、本人が意識を保っていなかった場合。ああ、泥酔して覚えていないというのもあるな。あいつは酒豪だが、ある量を超えるとぷつりと記憶をなくすきらいがある」

「等々力さんが現場で発見されたとき、酔ってなんていませんでした」

幾分憮然《ぶぜん》とした口調で箱林が言い捨てる。

「それに等々力さんが酔って記憶をなくすなんて、僕、聞いたことがありません」

「君と一緒のときは、だろう？　おそらく年上の威厳を保とうとしているんだろうね」

肩を竦める羽越の前で、箱林が傍目《はため》にも気の毒なほどしょげ返る。

「……やっぱり等々力さんにとって僕は、気を許せる相手ではなかったってことですね……」

「ええと、所長、もう一つの可能性は？」

つくづく僕はお人好しだ。キツい対応しかされたことがないというのに箱林を気遣い、話題を変えようと試みる。

「なんだ、わからないのか？」

羽越の思いやりのなさは、そんな『お人好し』の僕にも同等に発揮された。

さも呆れたように言われたのが悔しくて、等々力が黙秘を貫いているもう一つの可能性を考える。

「ああ、誰かを庇《かば》ってる……とか？」

これは当たっているのではないか。閃《ひらめ》きに感謝しつつ切り出すと、果たして羽越はにっこり笑い、大きく頷いてみせた。

「ご明察」

「誰を庇っているっていうんです？　等々力さんが殺人の罪を被《かぶ》ってまでも庇いたい相手って誰なんでしょう」

それまで項垂れていた箱林が勢いよく顔を上げ、羽越に訴えかける。

「ご家族でしょうか。それとも親友？　恋人はいないはずなんですけど……っ」

「さあ、どうだか」

ここで羽越が、入れなくてもいい茶々を入れる。

「恋人、いるんですかっ」

途端に箱林は絶叫したかと思うと、みるみるうちに綺麗なその顔が青ざめていった。

「裏切り者……」

「えっ」

ぼそり、と箱林が呟いた言葉にあまりに呪詛《じゅそ》がこもっていたので、思わず彼の顔を見る。きりきりと唇を噛《か》む彼のバックに立ち上る嫉妬の炎の中に、般若《はんにゃ》の面が見える気がした。

「まあ、いないだろうね」

その様子は、羽越をしてフォローを入れさせるほど恐ろしかったのだが、彼の言葉を聞いた瞬間、箱林の顔が笑みにほころんだのに僕はずっこけそうになってしまった。

「ですよね。やだなあ、羽越さん。脅かすんだから」

「それ以前に箱林君、君と等々力は付き合っているわけではないんだろう？」

「え」

まさか。それじゃ今の『裏切り者』は？　と箱林を見ると、彼はむっとしたように口を尖《とが》らせ、ふいとそっぽを向いた。

「時間の問題です」

「………」

天晴《あっぱ》れなポジティブシンキングに、僕と羽越は思わず顔を見合わせた。が、今は箱林少年の恋心にかまっている場合じゃない、と話題を事件に戻す。

「等々力さんは犯人を知っていて、その人物を庇おうとしている……でも、等々力さんは事件現場で気を失っていたんですよね？　犯人と思われるような状態で」

「凶器のナイフでも握らされていたということだろうね」

状況を把握しているはずの箱林がそっぽを向いたままなので、羽越が答えてくれる。どうも僕は相当箱林に嫌われているようで、ここでようやく箱林が話に入ってきた。

「そのとおりです。凶器のナイフは被害者のもので、被害者が等々力さんを刺そうとして揉み合いになり、弾みで被害者を刺した――というのが捜査本部の見解です」

「それなら正当防衛で殺人罪にはならないからね」

羽越にそう言われ、箱林が唇を噛む。

「実際は違ったってことですか？」

「まあ、現場を見ないとなんとも」

またも肩を竦めた羽越の前で箱林は、はあ、と溜め息を漏らすと早口でこう言い捨てた。

「遺体の状況からはとてもそんなふうには見えませんでした。致命傷に至らない刺し傷が四、五ヶ所ありましたし」

「めった刺し？」

「そこまでは……」

羽越の問いに箱林が弱々しく首を横に振る。

「逃げる犯人をナイフで追いつめた……検視官の見立てはそうでした」

「等々力がそれをしたと？」

「わかりません。ただ、等々力さんのほうは、倒れたときに後頭部にできたたんこぶ以外、身体に傷はありませんでした。揉み合いになったような着衣の乱れもありません」

「……………それじゃあ……」

捜査本部の見解は誤ってるんじゃないか。そう言いかけたのがわかったのか、箱林がじろりと僕を睨んだ。

「相手をいたぶって殺すなんて残酷なこと、等々力さんにできるわけがありません」

「だが状況はそう物語っているんだね」

そんな箱林に、羽越が淡々と問いかける。

「何かの間違いに決まっています」

箱林は今度、羽越をキッと睨みつつそう言い切ったが、その目にはどこか迷いがあった。言葉には少しの誇張もなく、箱林は等々力を信じているのだろう。だが自分の目で見た現場は、すべてが等々力の仕業としか思えないものだった。

その上、等々力本人が『やっていない』と言ってない。気持ちの上では信じているが、彼の無実を証明する材料は一つもない。

信じたいが、信じるには何か、確たるものが欲しい。それがないだけにジレンマを感じているのではないか。

僕自身、等々力のことは三ヶ月分しか知らないが、とても人殺しをするような人間とは思えない。直情型ではあるが、それがマイナス方向へは進まないタイプだと思うのだ。

人情派の正義漢。彼をひとことで表現するならそれに尽きると思う。そんな彼だからこそ誰かを庇って口を閉ざしていると考えられる。

しかし誰を庇って？　庇うのならやはり、と羽越に確認をとる。

「等々力さんが庇っているのは犯人ってことですよね？　そしてその犯人は等々力さんをはめた相手だということですよね？」

「断言はできない……が、可能性としては高いな」

頷く羽越に、横から箱林が口を出す。

「自分を陥れようとした犯人を庇うって、どういうことなんです？　等々力さんは何か犯人に弱みでも握られているというんですか？」

「弱み？」

なるほど、その可能性もあったか、と感心する僕の前で、羽越が箱林に問いかける。

「たとえばどんな弱みを？」

「後輩の刑事を性的に愛してしまった……とか」

「それは………」

君の希望的観測だろう、と突っ込みそうになり、僕は慌てて口を閉ざした。

「あくまでも『たとえば』ですよ」

僕はともかく、あまりに薄いリアクションを示した羽越に対し、羞恥を覚えたらしく箱林は言い訳がましくそう言うと、コホン、と咳払《せきばら》いをし、話を再開した。

「等々力さんは誰かに脅されたからといって真実をねじ曲げるような人ではありません。あの人が誰かを庇っているとすれば、それは脅されたからではなく、あの人が守りたいと思っている人です」

「性的に愛する相手……とかね」

「…………意地が悪いですね。羽越さんは」

パチ、とあまりに魅惑的すぎるウインクをした羽越を、箱林がじろりと睨む。

「等々力に対する見解は君と一致している……が、彼が庇いたいと思う相手に心当たりはない」

「羽越さんにもない……ですか」

箱林ががっかりした表情となり、羽越を見やる。

「ともかく。現場を見せてくれ。話はそれからだ」

「それが……」

途端にはっとした顔になった箱林が、羽越に対し頭を下げた。

「申し訳ありません……今回、現場への立ち入りは少々難しいかもしれません」

「等々力の無実を晴らしたいんだろう？　現場を見ずに事件が解決できるわけがない」

羽越が驚いたように目を見開く。

「わかっています。でも……」

切羽詰まった顔で言い訳をしかけた箱林だったが、すぐ、

「申し訳ありません」

と項垂れた。

「僕を現場に立ち入らせないよう、上層部から命令が下されているんだな」

肩を竦める羽越の言葉が事実であることは、箱林の、

「申し訳ありません」

の謝罪が物語っていた。

「わかった」

にっこり、と羽越が笑い、手を伸ばして箱林の肩を叩く。

「……え？」

詰《なじ》られるだろうと予測していたらしい箱林がおずおずと顔を上げた。

「あの……」

「妨害しているのが誰なのか、くらいのことはわかるからね」

気にしないように、と羽越が笑って箱林の肩を再び叩くと、不意に僕を振り返る。

「環君、夕食は暫くお預けだ。早速事件関係者に話を聞きに行くこととしよう」

「えっ？　これからですか？」

思わず手元の時計を見る。と、羽越は何を当然のことを、というように悠然と笑ってみせた。

「まず話を聞く必要があるのは、ストーカーされていた美人ホステスだ。彼女に会うにはどこにいけばいい？」

「店……クラブ『紫苑』ですか？」

彼女が仕事に出ているなら、と答えた僕に羽越は、

「ご明察。銀座の何丁目？」

と微笑むと、焦った様子で番地を告げた箱林に礼を言い、「行くよ」と、そのまま事務所を出ようとした。

「あ、あの、羽越さん……っ」

箱林が慌てた様子でソファを離れ、僕たちの前に立ちはだかる。

「必ず……必ず現場をご覧いただけるように段取りをつけますので！」

「わかった。でもあまり無理をしないようにね」

にっこり、と羽越が微笑み、頷いてみせる。

「…………」

羽越を現場に入れるなというのが上からの指示なら、言っちゃなんだが下っ端の箱林がどう頑張ったところで決定は覆らないだろう。

まさか上に内緒で手配するとか？　それがバレたら箱林の立場はこの上なく悪くなる。懲戒処分の可能性だってありそうだ。

僕には羽越を捜査から締め出そうとしている箱林の『上』に心当たりがあった。以前、羽越本人からその名を聞いたことがある、警視庁刑事部次長というとてつもなく偉い役職についている剛田一《ごうだはじめ》という男に違いない。

羽越との過去のいきさつもまた、僕は本人から聞いていただけに、すぐ推察できたのだった。

今までも剛田は羽越が警察の捜査にかかわることに対し、いい顔をしていなかった。それでも捜査協力を続けてこられたのは、等々力が盾になってくれていたかららしい。

そもそもなぜ羽越が警察の捜査に協力しているかというと、実は探偵業を始める前まで彼もまた警察官――警視庁捜査一課の刑事であり、剛田とは上司部下の関係だった。因《ちな》みに等々力は警察学校の同期にして同じ捜査一課に配属された、親友かつ同僚だったという。

刑事としても優秀だった羽越は、剛田が暴力団と癒着し私腹を肥やしていることを突き止め、本人に辞職を迫った。剛田は間近に迫った娘の結婚を持ち出し、結婚式が終わるまで待ってほしいと泣きついた。

罪のない娘の結婚が破談にでもなったら気の毒だと思った羽越は、剛田の泣き落としを受け入れてしまった。そこまで性根が腐ってはいまいと思ったためもある。

が、剛田の性根はとことん腐っていた。得られた猶予の間に彼は自分と暴力団との間の癒着の証拠の一切を処分し、娘の挙式が終わり羽越が退職を迫った際に、空とぼけてみせたのだそうだ。

羽越は自分の甘さに嫌気が差し警察を辞めた。が、不正を行っていた剛田に贖《あがな》いを求め、彼の周囲で常に自分の存在を見せつけようとしている。

捜査現場に現れるのはそのためで、彼を現場へと導くのが親友の等々力だというわけなのだが、それゆえ等々力が常日頃から剛田に睨まれていたことは想像に難くない。

今回のことでこれ幸いと剛田は等々力を犯罪者にし、警察を辞めさせるつもりではないか——不安を覚えているのは僕だけではなく、僕の数十倍、いや、数万倍も心配しているであろう箱林は、羽越の『無理をするな』という言葉に弱々しく首を横に振って答えた。

「僕のことはどうでもいいんです。等々力さんがこのまま送検されてしまうのだけは阻止したいんです……」

「猶予はあまりなさそうだな」

項垂れる箱林に羽越が尋ねる。

「はい……現職警官の犯行であるということは避けたいと、今、辞職が先であるかのような操作がなされています。状況が剛田にとって望ましいものに整えば、すぐさま検察に送られてしまうに違いありません」

青ざめる箱林の言葉を聞いて、顔色を失ったのは僕だけだった。

「わかった」

羽越はいつもと同じくにっこりと優雅に笑って頷くと、ぽんぽん、と箱林のくるくる巻き毛の頭を撫《な》でた。

「任せなさい」

「羽越さん……っ」

箱林が感極まった声を上げ、羽越の胸に飛び込もうとする。と、羽越はちらと横にいた僕を見たあと、箱林の両肩を摑んで彼の動きを阻んだ。

「時間がないからね。事務所を閉めるので君も一緒に出てくれ」

「わ、わかりました」

涙が溜まる目を擦りながら箱林が先に立ち、ドアへと向かう。

「戸締まりは大丈夫だったね」

「あ、はい」

夕食を食べに出よう、と話していたときにすべてチェックした。その後、やはり出かけず家で手早く食事を作って食べたあと——作るのは羽越だが——二人して『お楽しみ』の時間を過ごす予定に変わったが、その予定も最早、遠い空の彼方へと飛んでいった。

時間の猶予があまりない中、しかも現場に立ち入ることも困難であるというこの状況下、等々力の無実を証明するべく事件を解決に導かなければならないのだ。

事件の概要もまだわかっちゃいない。まずはそれを探るために、事件の渦中にいると思われるホステスに話を聞きに行く。

果たしてそこで糸口を見つけることはできるのか。不安を覚え俯《うつむ》いた僕は羽越に肩を叩かれはっとして顔を上げた。

「にゃー」

「…………」

いきなり一声鳴かれ、がくっと文字どおり僕はずっこけそうになった。

「なんなんです?」

傍にいた箱林がぎょっとしたように目を見開く。

「……あ……」

今の『にゃー』の意味がわかった、と僕は察したその『意味』を人間の言葉にし、箱林にも伝えてやった。

「『僕に任せろと言っただろう？』……で、あってますよね？」

「そのとおり」

羽越がにっと笑い、僕の肩を抱く。

「……………」

話を合わせただけなんじゃないかと、箱林は疑わしい目を向けてきたが、口にすることで羽越のやる気を削いではマズいとでも思っているらしく黙っていた。

「それじゃあ、また連絡するよ」

三人して事務所を出、ドアを施錠すると羽越は箱林にウインクし、行くよと僕を促し歩き始めた。

「銀座か。四ッ谷《よや》までJRで丸《まる》ノ内《うち》線乗り換えか、ああ東西線《とうざいせん》で大手町《おおてまち》に出てそこから丸ノ内線という行き方もあるか」

駅へと早足で向かいながら、羽越が銀座へのルートをぶつぶつ呟き、あれこれ考えている。

今の状況を鑑《かんが》みるに、銀座への行き方などではなく、これからホステスに何を聞くかとか、そのあとどのようなアプローチをとるかとか、そういったことに普通は頭を悩ませるんじゃないかと思わないでもないのだが、この余裕が頼もしくもある、と傍らを歩く羽越に我ながら熱

い眼差しを注ぐ。羽越はそんな僕にまた一声、

「にゃー」

と鳴いてみせ、今のは意味がわからないぞとひとしきり首を傾げさせたのだった。

# 3

「ここ……ですか」

箱林に教えられた、ストーカー被害に遭っていた美人ホステスの勤務先は、一見《いちげん》さんお断りなんじゃあ、といった雰囲気の、超がつくほど高級そうなクラブだった。

自分のラフすぎる服装を見下ろし、こりゃダメだ、と首を横に振る。

一方羽越は、仕事のときには常に仕立ての良いスーツに身を包んでいるので、高級クラブでも浮きそうになかった。

「いってらっしゃい」

外で待ってます、と告げた僕の背を羽越が強引に促す。

「臆することはない。僕らは別に客として来たんじゃないんだから」

「そうは言いますが……」

できることなら外で待っていたい。僕の希望は綺麗に無視され、羽越に背を押され二人してエレベーターに乗り込み最上階の八階にあるクラブ『紫苑』を目指した。

「いらっしゃいませ」

エレベーターを降りたところがもう店の入り口になっており、ボーイと若いホステスが僕らを笑顔で迎えてくれた。

ホステスの視線は一点に羽越の美貌へと注がれていた。

「はじめて……ですわよね。さあ、どうぞこちらへ」

声を弾ませ案内に立とうとした彼女の背に羽越が優しげな声音で話しかける。

「すみません、我々は客ではないのです」

「え？」

ホステスがびっくりしたように振り返った。

「ゆかりさんにお話をお聞きしたいんです」

「……ああ……もしかしてマスコミの方？」

うんざりした顔になったホステスにすっと近づき、羽越が彼女の耳許に囁く。

「マスコミではありません。警察の要請で事件の捜査をしている者です」

「警察……」

ホステスが訝《いぶか》しげに眉を顰め、ちらと視線を僕へと向ける。自分で言うのもなんだが刑事にはとても見えないだろうなと首を竦めたそのとき、再び羽越がホステスの耳許に唇を近く寄せ、実にセクシーな声で囁いた。

「あなたにもお店にも迷惑はかけないと約束する。ゆかりさんから話を聞きたいだけなんだ。時間は五分でいい。なんとか取りはからって貰《もら》えないかな」

「……困るわ……」

口ではそう言っていたが、上気した彼女の頬は笑みに緩んでいた。

タラシめ――嫉妬から思わず羽越を睨む。羽越はホステスに気づかれないような、微《かす》かなウインクをしてみせたあと、最後の詰めとばかりに、にっこり、とホステスに微笑んだ。

「店内だと人目につくわ。こっちに来て」

そう言い、先に立って歩き始めた彼女のあとに続く。向かった先はホステスたちの控え室で、店内が比較的混んでいたためか、室内は空っぽとなっていた。

「ゆかりちゃんを呼んでくるから。待っていてちょうだい」

言い置き、ホステスが部屋から消えた五分後に、控え室のドアがノックされ一人のホステスがおずおずと中に入ってきた。

「あの……警察の方……ですか？」

やはり彼女も僕の風体《ふうてい》に疑問を抱いたらしく、訝しそうに問いかけてくる。

「警察の捜査に協力している探偵です。羽越と申します」

「羽越……さん」

にっこりと羽越が微笑むと、相変わらず訝しげではあったがゆかりもまた微笑み会釈する。

今更ではあるが僕は、彼女の美貌に見惚《みと》れてしまっていた。

ストーカーが何人もいるのがわかる——という言い方はどうかと思うが——滅多に見ない美人である。

美人もいくつかのタイプに別れる。華やかなタイプ、しっとりしたタイプ、外国人風、純和風。

ゆかりは『華やか』ではなく、物静かなタイプだ。洋風よりは和風。そして何より特徴的なのは、思わず庇護の手を差し伸べたくなる、儚《はかな》げなイメージがあることだった。

ぶっちゃけ、僕はゲイで、女性に対しては一ミリの興味も覚えない。その僕でも、彼女の力になりたい、と思わせる雰囲気がゆかりにはあった。

ゲイの僕がそうなのだから、と傍らの羽越を見る。

きっとやに下がっているに違いないと思っていた彼は、僕の予想に反し酷く淡々としていた。

「ゆかりさん、源氏名《げんじな》もゆかりさんなんですね」

「あ、はい……」

そんなことを聞かれるとは思わなかったらしく、ゆかりは一瞬だけ、きょとんとした表情になった。

そんな顔も実に可愛らしい、と思わず見惚れてしまう。凝視しすぎたせいか、彼女の視線が
僕へと移った。

「……………」

揺れる眼差し――って、僕は一体いくつだ？　ということはさておき、速まる鼓動を心臓の
あたりを服の上から押さえることで鎮めようと試みる。

そこに羽越の、やはり淡々とした声が響き、僕の鼓動を一気に鎮めてくれた。

「ときにゆかりさん、あなたのもとに警視庁の等々力という刑事が頻繁に接触してきたのでは
ないですか？」

「等々力さん……本当にもう、信じられません」

ゆかりが溜め息を漏らし首を横に振る。

「……え？」

何を『信じられない』というのだ、と首を傾げた僕に、ゆかりが逆に眉を顰め問いかけてき
た。

「あの……等々力さんは一連の事件の犯人の服部《はっとり》を殺したんですよね？」

「ど、どうしてそれを？」

マスコミには一切、今回の事件については公表されていない。僕も今初めて『服部』という名を聞いた。

なぜ彼女は詳細を知っているのか。疑問が口をついて出そうになったそのとき、羽越が彼女に問いかけた。

「もしや現場にあなたもいらしたんですか？」

「……等々力さんから連絡がありましたの。犯人を突き止めたと……」

「ええっ？」

僕の上げた驚きの声が室内に響く。なぜ僕だけなのだ、と羽越を見やると、彼は予想していたかのような明るい口調でゆかりに話しかけた。

「なるほど。あなたが通報したんですね」

「違います。現場に到着した直後、パトカーが来たんです」

「わかりました。現場に来合わせたときの話を続けてください」

羽越がまたも淡々と話題を振る。

「……はい……」

ゆかりは今やはっきり、羽越に対して不信感を抱いているように見えた。こんなんで彼女から話を引き出せるのだろうかと案じた僕の心配はどうやら杞憂《きゆう》に終わりそうだった。

「等々力さんから電話があったのです。私にストーカー行為をしていた男の人たち三人を殺した犯人を突き止めたと。自首するよう説得を試みるから待っていてくれと。私、それを聞いてびっくりしてしまって……だって等々力さんが対峙《たいじ》しようとしている相手は既に三人の人間を殺しているわけじゃないですか。等々力さんの身に危険が迫るんじゃないかとそれが心配で、なんとか彼から現場を聞き出し、それで駆けつけたんです」

「あなたも勇気がありますね」

「え？」

「所長」

皮肉めいた物言いに、戸惑った顔になった彼女の声と、僕の焦った声が重なって響く。

「殺人犯がいるかもしれない場所にいらっしゃるなんて、勇気がありますよ。それこそその場には、三人もの人間を殺した犯人がいるかもしれないんでしょう？　しかもその相手はあなたのストーカーでもある」

「……そのときには自分の身の安全など、考える余裕がなかったんです。等々力さんが殺されたらどうしようと、そればかりを考えていました」

がっくりと肩を落とす彼女を前に僕は、そりゃそうだよなあ、と納得していた。が、羽越は

納得できなかったようで、

「それにしても、警察に連絡を取ろうとか、誰か信頼できる人についてきてもらおうとか、考えなかったのですか?」

相変わらず淡々とした口調でそうゆかりに問いかけている。

「警察は……連絡がしづらかったのです。でも、一人で行くのは怖かったので、ママについてきてもらいました。ママには申し訳ないことをしたと思っています。死体の発見現場に居合わせることになってしまって、さぞショックを受けただろうと……」

「なるほど、その場にはこちらのママも立ち会ったということなんですね」

羽越がそう告げた直後、背後から凛《りん》とした声が響いてきて、室内の注目は一気にそのほうへと集まった。

「そのとおりです。ゆかりと同じことを私は見聞きしています。ご質問がありましたら彼女ではなく私にお問い合わせください」

「なるほど。取材窓口というわけですね」

揶揄《やゆ》めいた口調で羽越が告げるのに、

「そう思いたいのなら思ってくださって結構よ」

羽越相手に堂々と胸を張りそう言い切ったのは、話の流れからしてこの店のママと思われた。

実に華やかな美女である。年齢不詳だがこんな大きな店の『ママ』なら三十は超しているに違いない。和装がとてもよく似合ったが、性格は相当キツそうだった。キツくなかったらそれこそ銀座でママなんてやっていられないだろうけど——などと僕が考えているうちに会話はママと羽越の間で続いていた。

「ところであなたはどなた?」

「探偵です。警察の要請で捜査をしています」

「探偵ですって? 随分と胡散《うさん》臭い職業ね」

「ママ、今、等々力さんから連絡があったときの話をしていたの。あのときは本当に申し訳なかったわ。ママにあんな……あんな……」

「気にすることないわ。そりゃあ死体を見たときにはびっくりして腰、抜かしかけたけど、あれしきのことでショックを受けていたら銀座でママなんてやってられないわよ」

死体を見たことを『あれしきのこと』と言い切った豪快さに思わずママの顔を見る。

「実に頼もしい」

羽越がそう呟いたが、彼の口調からは先ほどまでの揶揄は影を潜めていた。

「あのときのことを聞きたいのなら私が話すわ。ゆかりちゃんは気を失ってしまったし」

「あなたはゆかりさんに頼まれて現場に行ったんですよね」

「そうよ。ゆかりちゃんのところにあの刑事が……等々力、だったっけ。彼が電話してきたの。犯人を見つけたって」

「あなたもその電話を聞いた?」

「電話は聞かないわ。ゆかりちゃんの説明を聞いたのよ」

ママはそう言うと、そうだったわよね、とゆかりを見た。

「はい……」

「で?」

「等々力が犯人を呼び出した場所に、ゆかりちゃんも行くっていうから私、止めたの。危ないじゃない? でもゆかりちゃん、ほんとにいい子で、等々力が心配だからって言ってね。あの刑事だって最後のほうはゆかりちゃんのストーカー化していたと、私らは思っていたけどね」

「えっ?」

聞き捨てならない。等々力がストーカー化? そりゃないだろう、と思わず声を漏らした僕をママがちらと見る。

「何よ。その子供は」

「いや、子供じゃないんですが……」

サラリーマンのときにはスーツを着用していたからか、子供扱いされたことはなかった。やっぱり今日の服装はラフすぎたんだな――って、言い訳すべきはそこじゃない、と僕は慌てて言い直した。

「そうじゃなくて、等々力さんがストーカーって、さすがにそれはないんじゃないかと」

「あなたね、等々力がどれだけゆかりちゃんにつきまとっていたか、知らないんじゃないの？　アレを見てたら誰でもストーカーと思うでしょうよ」

「ママ、違うの。等々力さんは私を心配してくれて……」

「心配してるからって、毎日送り迎えなんてする？　あれ、刑事としてじゃなくて個人的にしてたんでしょ？」

「でも別に、何もされなかったし……」

「当たり前よ。されたら大変。でもあの刑事のゆかりちゃんを見る目は充分、異常だったわよ。絡みつくようなとでもいうの？　粘着質の、異常者の目と一緒だったわ」

「それはあなたの主観では？　ゆかりさんもそう感じましたか？」

気味悪げに身を竦め毒を吐くママの言葉を羽越が遮り、ゆかりに話題を振る。

「そこまでは……」

「庇うことないわよ。なんならお店の子、集めましょうか？　皆、気味悪がっていたのよ。今度はあいつがゆかりちゃんのストーカーになっちゃったって」

「あなたが言っているからではなく?」

「そこまで専制君主じゃないわよ」

馬鹿ね、とママが肩を竦める。

「……等々力さんは、捜査に熱心だったのだと思います」

ぽつん、とゆかりが呟く。

「…………そうですか」

羽越は一瞬、何かを言いかけたがすぐ笑顔になりゆかりに頷いてみせた。

「で? ゆかりちゃんには他に何を聞きたいの?」

ママがここで二人の間に割って入った。

「ゆかりさんではなく、あなたに聞きたい。等々力が犯人を殺したとされている現場に行ったときのことを」

「わかったわ」

羽越にそう問われ、ママは鼻白んでみせたものの、すぐに胸を張ると淡々と状況を説明し始めた。

「現場は隅田川沿いの、聖路加タワー近くの公園よ。人気《ひとけ》もなくて、あまりに静かだから、二人はもう帰ってしまったのかと思ったわ。でもなんだか変な臭いがして……あれは血の臭いだったのね。目をこらして見ると男が二人、倒れているのがわかって、恐る恐る近づいていったら……」

「服部という男が死んでいて、傍に等々力が倒れていた」

「そう。びっくりしたわ。最初は等々力って刑事も死んでいると思ったから」

「血でも流していましたか？」

羽越の問いにぎょっとしたのは僕だけで、本当に肝が据わっているらしいママは、

「ええ。少しだったけどね」

と頷いてみせた。

「ナイフを握っていたわ。血まみれのね。本人も後頭部から血を流しているように見えたわ。ぴくりとも動かないし、あたりは血の海だし、てっきり死んでいるものだとばかり思っていたら、パトカーのサイレンが聞こえてきたとき刑事が動いたから、ああ、死んでなかったのかってわかったの。途端に怖くなったわ。こいつ、人殺しだ。何をするかわからないって」

「で、逃げた？」

「いいえ」

「なぜ？」

「それは……」

ママがなぜか言いにくそうに言葉を濁す。と、横からゆかりが、おずおずと——だがきっぱりとこう言い切った。

「それは……私が気を失っていたからだと思います。ママは私をその場に置いてはいけなかったんだと……」

「なんと……本当にあなた、いい人ですね」

羽越が心底感心したようにママにそう告げる。

「嫌み？」

「いや、賞賛です。あなたのようなママの下で働けてゆかりさんも幸せでしょう」

「なんか含みがあるように聞こえるのは気のせいかしらね」

そんなことを言ってはいたが、ママも羽越が本気で感心しているのがわかるのか、言葉ほどむっとしている様子はなかった。

「気のせいです」

羽越が頷いたあと「それで」と新たな問いを発した。

「警察はすぐ来たんですね。そのときの等々力の様子は？」

「ぼうっとしていたわ。警察官に引き立てられていったときにも抵抗らしい抵抗はしていなかったし、口は利けたようだったけど『やってない』とは言ってなかったわ」

「やったとも言っていなかった」

「ええ。でも心証としては『やった』んだろうなと思ったわ」

「言い訳をしなかったから？」

「というよりは表情ね。諦観《ていかん》って感じだったわ」

「諦観……ね……」

　ママの言葉を羽越が繰り返す。

「もういいかしら？　それともまだゆかりちゃんに聞きたいことはある？」

「そうですね……」

　羽越が珍しく少し考え込む。

「私からも聞きたいことがあるのよ」

　と、ママが身を乗り出し、羽越の顔を真っ直ぐに見据えた。

「なんでしょう」

「なぜ等々力の犯行だったたってニュースが……ゆかりちゃんがかかわった事件の犯人を等々力という刑事が殺した、という報道がされないの？　おかげでゆかりちゃんは未だにマスコミに追われているのよ。もしかして警察は等々力の犯行を闇に葬ろうとしているの？　身内の犯行だから？」

「それはないでしょう。あなたやゆかりさんの口を封じることはできませんから」

「怖いわね。ほんとに口を塞がれそう」

大仰《おおぎょう》に肩を竦めるママに、

「あり得ません」

と羽越が苦笑する。

「それにぬかりのないあなたのことだ。そろそろ週刊誌へのリークが始まるんじゃないですか？　美人ホステスストーカー殺人事件の意外すぎる結末、とかなんとかいうタイトルで」

「警察を敵に回す勇気はさすがにありませんけどね。でもお店の子が犠牲になるのはもっと嫌。約束した期日を守ってもらえないようなら、そうね。週刊誌が騒ぎ始めるかもしれないわね」

にっこり、とそれは華麗に微笑み、ママが頷いてみせる。

「期日までのカウントダウンは始まってるんですね。あと何日です？」

さも、明日の天気を聞くかのような気易さで羽越がママに尋ねる。

「三日」

ママは言い渋ることなく答えると、再度、

「他に質問は？」

と問うてきた。

「三日のうちには新たな質問が出てくるでしょうが、今日は取りあえずこんなところで」

「そう。できればもう、お会いしたくないわね」

ママは嫌みっぽく羽越にそう言うとゆかりを振り返った。

「ゆかりちゃん、フロアに戻って」

「は、はい……」

ゆかりが弱々しく頷き、羽越と僕に一礼して控え室を出る。

「ママ」

ドアが閉まると同時に羽越がママに問いかけた。

「何かしら」

「等々力が殺したとされている殺人犯。彼もゆかりさんのストーカーだったんですか？」

「お店の常連ではあったわ。ゆかりちゃんのお客さんであることは間違いないけど、ストーカー行為をしていたかどうかはわからないわ。ゆかりちゃんも心当たりはないと言っていたし」

「そもそも、ゆかりさん以外のあなたのお店の女の子に、ストーカーめいた客はついてますか？」

「どうかしら。ストーカーまでいかなくとも、しつこく言い寄られている子がいないとはいえないわ。でも警察に訴え出ようと思うくらいの病的なお客様はいないんじゃないかしらね」

「なのにゆかりさんには三人——ああ、四人ですね。のストーカーがついていたと」

「ゆかりちゃんは……特別なのよ」

ママが言葉を選びつつ話し始める。

「本人は別に、狙っているわけじゃないの。でも……なんていうのかしら。はまるところにはまっちゃうの。それも過ぎるほどに。理由はわかっているわ。探偵さんもつい手を差し伸べたくなったんじゃない？」

「別に……」

「あら珍しい。もしかしてあなた、ゲイ？」

ママが目を見開き問いかける。揶揄というよりは本気で驚いている様子の彼女に羽越はにっこりと、それは優雅に微笑むとひとこと、

「ご想像にお任せします」

と告げ、軽く頭を下げた。

「じゃあゲイって想像しておくわ」

ママは涼しい顔でそう言うと、二人の会話を聞いていられず俯いた僕をちらと見、僕が赤面するのを確認してから話を再開した。

「そういうわけでゆかりちゃんの客は粘着質なタイプが多くてね。お客さんだと思うとゆかり

ちゃんも邪険にはできないでしょう？　お客さんはそれで更にゆかりちゃんにつきまとう。そのうちに客同士が争い始めてしまったの。で、今回の事件になったたってわけ」

「いるんですね。それほどの魅力のある女性が。しかも女性にも好かれている」

「女性？　ああ、私ね。でも私はゲイじゃなくってよ」

おあいにくさま、と笑ったママが「もういい？」と話を切り上げようとする。

「ありがとうございました。ご協力に感謝します」

羽越は丁寧に頭を下げ、ママに続いて控え室を出た。

「等々力という刑事は逮捕されてはいるの？」

バックヤード内をエレベーターのところまで案内してくれながら、ママが羽越に問いかける。

「ママは等々力刑事に対してあまりいい感情をお持ちじゃないようですね」

問いには答えず羽越はママにそう切り出した。

「悪感情は持ってないわよ。ただ、あの刑事もゆかりちゃんのストーカーだったからね」

「先ほどから等々力刑事をストーカー扱いしていらっしゃいますが、店の送り迎えや目つき以外に、実際ストーカーめいた行為を何かご覧になったんですか？」

はっきり等々力をストーカーと告げたママの言葉を捉え、羽越が問いかける。

「そうよ」

「え」

ただの印象だ、的な答えを予測していた僕は、ママが当然のように頷いたのに驚き、思わず声を漏らしてしまった。

「いやあね。憶測で私が物を言ったとでも思っているのかしら」

ママがじろりと僕を睨む。

「思ってません」

慌てて否定した僕の声に被せ、羽越が彼女に問いかける。

「何をご覧になったんです?」

「等々力刑事がゆかりちゃんに迫っているところよ」

「ええっ」

あの等々力が、とまたも驚いた声を上げたが、次の瞬間、羽越に足を踏まれ、今度は、

「いたっ」

と悲鳴を上げてしまった。

「…………」

うるさい。僕を睨む羽越の目がそう物語っている。だって、と言い訳をしかけた僕に口を開かすまいというのか、羽越がママに問いを発した。

「迫っていた？　キスを？」

「違うわ。熱く訴えかけていたのよ。恋心を」

「……っ」

またも驚きの声を上げかけた僕の足を羽越がぐっと踏む。痛みに悲鳴を上げかけたが、今度声を漏らせば本格的に怒られるとわかっていたので唇を噛んで堪えた。

「彼はなんと言って迫っていたんです？　覚えてますか？」

「覚えてないわよ。他人の愛の告白なんて」

偶然耳に入ってきただけだし、と言いつつもママは、「ええと」と宙を睨み、等々力の『愛の告白』を思い出そうとしてくれた。

「『あなたのことは命にかえても僕が守る』……そんな感じよ。『身を挺《てい》しても』だったかしら。とにかく、一時代前のドラマの台詞《せりふ》みたいだったわ」

「確かに芝居がかっている。そんなドラマチックな台詞をあの朴念仁《ぼくねんじん》が言ったとはね……」

「え？」

羽越の呟きにママが反応し足を止めた。

「あの刑事と親しいの？」

「警察内の評判ですよ。確か彼、独身じゃありませんでした？」

羽越はどうやら、等々力と親しいという事実を隠そうしているらしかった。等々力のために犯行を揉み消そうとしている、とでも誤解されたら困ると考えたんじゃないかと思う。

「そうそう、いい歳をして独身だったわね。事件の捜査をきっかけにゆかりちゃんのところに通いつめるだなんて、まさにミイラ取りがミイラになるって感じだったわ。とはいえ、ゆかりちゃんは別に期待を持たせるようなこと、していなかったわよ」

危ない、とばかりにママが釘を刺す。と、羽越は彼女の言葉を確認しようとしたのか、

「その告白をされたときの、ゆかりさんの反応は？」

とママに尋ねた。

「ああ、そういや……」

ここでママが何かを思い出した顔になる。

「そういや？」

「ゆかりちゃん、お客さんからのアプローチをかわすのが上手い子なの。過剰な期待を持たせず、でも次の来店には繋《つな》がるよう不快な顔はしてみせず、ってね。でもあの刑事の告白にはよっぽど引いたのか、彼女にしては珍しく顔に出ていたわね。引き攣《つ》ってたっていうか」

「……まあ、引きますよね。守ってくれるはずの立場の相手がストーカー化していたら」

羽越がママに同調する。

「その上殺人まで犯したのよ。引くどころじゃないわよ」

ママが嫌そうな顔で言うのに、

「まあ、まだ犯人とは決まったわけじゃないでしょうが」

と羽越が遠慮深く異議を唱える。そのとおり、と僕は思わず頷いてしまったのだが、ママは、

「決まってるわよ」

と言い切った。

「現場には殺された男とあの刑事しかいなかったからですか？　でも現場は鍵などかからない公園だ。事件の際に誰がいたかはわからないでしょう？」

ママとゆかりが駆けつけるより前に犯人が逃げたかもしれない。そう示唆《しさ》した羽越にママは、

「それはないわ」

とまたも言い切ったあと、逆に羽越に問いかけた。

「あなた、現場の様子、何も聞いていないの？」

訝しそうな表情となったママに羽越が優雅に肩を竦めてみせる。

「大筋は聞いています」

「これは大筋中の大筋だと思うけれど」

呆れた口調でママが言い出した、その発言は僕に、そしておそらく羽越にも大きな衝撃を与

えた。

「現場に残されていた足跡は——ちなみに現場は直前に雨が降り、それが止んだあとだったから、足跡はほぼ完璧に残っていたんだけれど——その足跡は死んだストーカー男とあのストーカー刑事のものだけだったのよ」

「……っ」

そんな馬鹿な、と絶句すると同時に僕は、この情報を箱林は知っていた上で、敢えて口にしなかったのではないかという疑いを抱いていた。

「なるほど。確かに大筋中の大筋だ」

羽越が淡々とママに言い返す。口調こそ淡々としていたが、彼の表情は少し強張《こわば》っているように見えた。

足跡を残さず現場に出入りする方法があるのかないのか。そもそも本当に足跡は残されていなかったのか。

やはり現場を訪れ、確かめる必要がある。だが現場には立ち入れないのだ。

どうしたらいいんだ——途方に暮れる僕の目の前、羽越がママに微笑み礼を言っている。

彼の顔色が心持ち悪く見えることにますます不安を煽《あお》られていた僕の頭にはそのとき、等々力が夜の公園で血に染まるナイフを握り締めている、あるはずのない幻の映像が浮かんでいた。

# 4

クラブ『紫苑《しおん》』の入っているビルを出ると羽越《はねこし》は、暗い気持ちでいた僕を振り返り、予想を裏切る言葉を告げた。

「お腹が空いたね。ラーメンでも食べて帰ろうか」

「え」

等々力《とどろき》が犯人としか思えない事情聴取にショックを受けたわけではなかったのか。僕はショックのあまり食欲など感じていないというのに——と思った途端、ぐう、とお腹の虫が鳴った。

「……っ」

こんなはずでは、と思わず腹を押さえた僕に、にっこり、と羽越が笑いかけてくる。

「手早く済ませたいだけだから別にラーメン屋じゃなくてもいい。ファストフードでもなんでもいいが、何を食べる？」

「……じゃ、ラーメンで」

答えると同時に、羽越が意気消沈していないことに僕は、空腹を思い出すほど安堵《あんど》したんだなと察し、素直に食べたいものを答えた。

地下鉄の駅に向かうまでの間で最初に目についたラーメン店に入り、羽越と同じものを注文する。

「三日か」

『紫苑』のママがマスコミにネタを流すと告げた期日は即ち、警察が等々力逮捕をマスコミに発表せざるを得なくなる期日だった。

「今日を入れて三日ということだろうから、実質はあと二日だな」

そう告げた羽越の表情も声も実に淡々としており、それほどの追い詰められ感はないように見える。

何か勝算があるんだろうか。すぐにやってきた注文の品に——因《ちな》みにメニューの一番最初にあった普通のラーメンだった——箸《はし》をつけた僕の耳に、先ほど同様の酷く淡々とした羽越の声が響いてくる。

「やはり現場を見ないことには何もできないな」

「どうやって見るんです？」

何か方法を思いついているのか。そうじゃなければこうも落ち着いていられるはずはない

――という予想は今回も裏切られた。

「手は尽くす――が、どうだろうな。敵もこちらの手の内は見切っているだろうから」

「敵……」

羽越の言う『敵』は剛田《ごうだ》に違いない。今や警視庁刑事部次長という高い役職についている彼に本気を出されれば確かに、警視庁内で羽越に協力してくれる人間を捜すのは困難になると思われた。

「既に鑑識の村田《むらた》さんあたりは釘を刺されているに違いない。彼も相当気骨がある男だが、鑑識全体の責任を問うぞと脅されればおそらく、資料の提出も躊躇《ためら》うだろうな。捜査一課で等々力の味方は最早、箱林《はこばやし》君だけ。彼とて目立った動きをすればすぐ謹慎処分くらいは下りかねない。実際、たいしたことはできないだろうが」

「……それじゃあ？」

どうするのか。途端に食欲が失せ、箸の動きが止まる。

「八方塞がりってことさ」

そうは言いながらも羽越の食欲は失われず、ラーメンを平らげると半分以上残している僕を見た。

「食べないの？」

「はい……」

猶予はたった三日——二日か？　なのになんの展望もないのでは、最早お手上げといっていいだろう。

等々力がまさに犯罪者にされようとしているこんなとき、とてもラーメンなど食べていられない。項垂《うなだ》れた僕の心理は羽越にも当然通じているだろうに彼は、

「そう。なら行こうか」

と笑顔になり席を立った。

「所長は心配じゃないんですか？」

支払いを済ませ、店を出て地下鉄の駅へと向かう羽越の背に声をかける。

「心配？　等々力が？」

羽越は肩越しに僕を振り返り、ちょっと驚いたように問い返してきた。

「そうです」

「君は等々力が犯人だとでも思っているの？」

思いもかけない確認をされ、

「まさか」

とつい大きな声になる。

「なら心配することはないだろう」

そう言い、また前を向いてしまった羽越に駆け寄り、横を歩きながら彼の顔を見上げ訴えかけた。

「だってあと三日——いや、二日しかないんですよ？　現場には入れないし、どうやって等々力さんの無実を証明するんです？」

「困ったね」

少しも『困った』とは思えない口調で羽越はそう告げ、尚も足を速める。

「所長」

『困ったね』で片付けないでほしい、と彼と歩調を合わせようとするが、足の長さが違うせいでなかなか追いつくことができない。

「なんだってそう、急ぐんです」

「忙しいからだよ」

息を切らせつつ問いかけた僕に羽越は一言で答えると、あとは口を開かず、ちょうど到着した地下鉄の入口の階段を駆け下りていった。

「待ってくださいよ」

僕も必死で彼のあとに続く。

地下鉄は混雑していて、とても会話できるような状況ではなかった上に、羽越はなんだか一人の世界に入ってしまっていて、話しかけられるような雰囲気ではなかった。

中野《なかの》に到着すると羽越は、いつもなら節約のために十五分の距離を歩くのに、今日はタクシーを使うと言い僕を驚かせた。

「どうした風の吹き流しです？」

わざとボケたのに羽越はいつものように『君は高速道路か』的なツッコミをしてくれることなく、

「忙しいんだよ」

と面倒くさそうに答え、そのあとは口を利かなかった。

ラーメン屋に入った時点では感じなかったが、今、羽越ははっきり機嫌が悪そうだった。怒らせたのは僕なんだろうか。僕が等々力を案じるあまり色々聞いたのが気に障ったのか？

それとも何か別のことが彼の怒りに触れたのだろうかと、ラーメン店から今に至るまでの彼とのやりとりを必死で思い起こしたものの、羽越をこうも不機嫌にさせた原因を一つも思いつかず、一人首を傾げ続けた。

五分ほどで車は羽越の自宅兼事務所に到着し、羽越は本当にせわしない動きで中へと入ると、一人で寝室に向かってしまった。

「……？」

寝るのか？　まだ九時前だぞ？　もしかしてああ見えて羽越は落ち込んでいたのか？　等々力を救うことができない、そんな自分に落ち込んで、それで機嫌が悪かった、とか？

「……そんな……」

もしもそうだったとしたら――いや、そうに違いない。なんということだ。そんなことにも気づかないだなんて、愛が足りないんじゃないか？

慌てて寝室へと走りながら僕は猛省していた。僕なんかが慰めたところで羽越の気持ちが上向くとは思えなかったが、それでも、せめて傍にいたい、と寝室のドアに手をかけたそのとき、事務所のドアをドンドンと叩《たた》く音が響いてきた。

「…………」

誰だよ、こんなときに、と舌打ちし、渋々踵《きびす》を返す。というのもドアを叩く音が次第に大きく、激しくなってきたからだ。

なんかデジャビュだと思った僕の耳に、やはりデジャビュな声がドア越しに響く。

「羽越さん！　羽越さん！　戻ってますか？　戻ってるなら開けてくださいーっ！」

「箱林少年かよ……」

さっき帰ったばっかりじゃないか、とぶつくさ言いつつも事務所のドアを開く。

「羽越さんはっ?」

出てきたのが僕だったからか、箱林はあからさまにむっとした顔になり、僕越しに事務所内を見やる素振りをした。

「所長は今……」

落ち込んでいる、とは部外者に言いたくなく、適当に誤魔化《ごまか》そうとした僕の背後でドアが開いた気配がする。

「羽越さん、その格好は?」

「え?」

戸惑った声を上げる箱林に違和感を覚え、僕もまた振り返って——。

箱林以上に戸惑った声で羽越に呼びかけてしまった。というのも今、真っ直ぐに僕らへと——というより事務所の出入り口へと向かってくる羽越の格好が、普段の彼とはまるで違うものだったからだ。

「しょ、所長?」

もとより羽越は仕事中、ビシッとした高級そうなスーツで身を固めている。だが今の彼はそんな『ビシッ』などという言葉では足りないほどのきっちりした服装をしていた。

タキシード。これから結婚式でもあるのかと思わず目を擦る。僕なんかが着たらきっとキャバレーの呼び込みにしか見えないであろうその服が、羽越には見惚《みと》れるほどによく似合っていた。

「……宝塚《たからづか》のトップスターみたいだ……」

箱林の描写が果たしてぴったりしているかどうかはさておき、そのくらいかっこいい、と言いたい気持ちはわかった。

「失礼」

呆然《ぼうぜん》とする僕らに羽越は一言、それだけ言い捨てると、二人の間をすり抜けるようにして外へと出ていった。

「は、羽越さん？」

唖然《あぜん》としたままその後ろ姿を見送っていた僕たちだったが、先に我に返ったのは箱林だった。

「ちょっと待ってくださいっ」

慌ててあとを追う彼のあとを、僕もまた追いかける。

「あっ」

羽越はちょうどやってきた空車のタクシーに手を上げ、そのまま乗り込んでいった。

「羽越さんっ」

叫んだ箱林の声が空しく路上に響く。

「何処《どこ》に行ったんです？」

箱林が僕をくるりと振り返り、きつい語調で問い詰めてきた。

「さ、さあ」

知らない。首を傾げるしかなかった僕を見て箱林が舌打ちする。

「尾行するしかないか」

「尾行？」

どうやって、と目を見開いている間に彼は路肩に停めた車へと駆けていった。

「ま、待ってください」

慌てて僕はあとを追いかけ、運転席に乗り込む箱林に懇願した。

「お願いです。僕も連れていってください」

幸いなことに条件反射で事務所を出るとき僕はちゃんとドアに鍵をかけていた。まあ施錠せずともこんなボロビルに目をつける泥棒はいないだろうが、と思いながら僕は箱林が許可を与えるより前に強引に助手席に乗り込んだ。

「邪魔するなよ」

箱林が実に感じ悪く言い捨て、アクセルを踏み込む。

「うわっ」

外見のイメージから僕は彼がこんな危ない運転をするタイプとは思っていなかった。

「おら、邪魔だっつーの」

路上をふらふら走るチャリを避けただけでなく、罵声《ばせい》を浴びせる。

「こわっ」

「あぁ？」

思わず呟《つぶや》くとそう睨《にら》まれ、慌てて「なんでもないです」と首を横に振った。

「お、あのタクシーだ」

箱林が前を走る車を目で示す。ナンバーを覚えていたのだろう。後部シートに人影は見えたものの、それが羽越のものであるかは僕にはわからなかった。

「どこに行くんだろう……」

箱林が呟く。

「さあ……」

だが独り言だったようで僕が首を傾げると、いかにも苛《いら》ついたように、チッと舌打ちされた。

「……すみません」

「それより、ゆかりから話は聞けたのかよ」

今やすっかりヤンキー口調になっている箱林がタクシーを見据えたまま問いかけてきた。

「あ、はい」

「どうだった？」

「どう……とは……？」

何を聞かれているかわからず問い返すと、また箱林がうざそうに「チッ」と舌打ちする。

「あの雌猫が何を喋《しゃべ》ったのかって聞いてんだよ」

「雌猫……」

にゃー、と思わず心の中で鳴いたのが聞こえるわけもないが、箱林に横目で睨まれ、僕は思い出せるかぎりその場での出来事を説明した。

「代わり映えしねえな」

僕から話を聞き終えるとまた、箱林がチッと舌打ちする。警察が事情聴取した内容と一緒だったということだろうと察したが、彼の苛立ちはそれだけに原因があるわけではないようだった。

「ママの発言もふざけてやがる。等々力さんがあんな雌猫のストーカーになるわけ、ないだろがっ」

「あの……それを聞きにわざわざまた事務所まで……？」

来たんですか、と問いかけた僕をまた横目でじろりと睨んだあと、箱林は、はあ、と深い溜め息を漏らした。

「……外されたんだ。捜査から」

「え？」

力なく呟く彼の声が聞き取れず問い返す。

「だから、捜査本部に戻ったら、この件から僕は外されたんだよっ」

忌々《いまいま》しげに言い捨てた箱林に僕は同情しかけたのだが、続く言葉を聞き、それはある意味仕方ないのでは、と言ってしまいそうになった。

「検視報告や鑑識の報告をこっそりコピーしようとしたのがバレた。コピー室に乗り込んでこられては申し開きのしようがなかった。一週間の内勤を命じられたよ」

「…………」

無茶するなー、と思いつつ、下手な相槌《あいづち》を打つとぶち切れられかねない、と口を閉ざしていると、それも気に入らなかったようで箱林が僕に絡んできた。

「言いたいことがあるなら言えっつーんだよ」

「ええと、別に……」

当たらないでほしい。それが『言いたいこと』だったがそんなことを言おうものなら、手がつけられないほど荒れるに決まっている。なんとか誤魔化そうとしたそのとき、箱林が「あ」

と声を上げた。

「……ホテル?」

語尾が疑問符となったのは、タクシーが外資系ホテルのエントランスを目指していることがわかったためと思われた。

「ホテルになんの用があるんだ?」

「……さあ……?」

聞かれたがまったくわからない。あの服装からするとパーティか何かに招かれたのかとも思うが、そんな話題が二人の間で上ったことはなかった。

羽越宛に届く郵便物は社用にしろ私用にしろまず僕がチェックをする。社用だったら封を切って渡し、私用っぽいものはそのまま渡すのだが、パーティの招待状など、見た記憶が一切ない。

「チッ」

それで首を傾げたというのに、またも使えないといわんばかりに舌打ちされ、さすがの僕もかちんときて、つい箱林に言い返してしまった。

「箱林さんって二面性ありますよね。等々力さんはそれ、知ってるんですか?」

「なんだと? おら」

ヤンキーよろしく箱林はドスの利いた声を出したが、前方で羽越が車を降りたのを見て、慌てた様子でブレーキを踏んだ。

羽越がタクシーに金を払い、恭《うやうや》しげに頭を下げるドアボーイに会釈をしつつホテル内へと入っていく。

箱林はすぐアクセルを踏むと車をホテルの入り口前へとつけた。

「いらっしゃいませ」

近寄ってきたドアボーイたちにポケットから取り出した警察手帳を示す。

「すぐ出せるところに駐車、よろしく」

「は、はい」

畏《かしこ》まりました、と返事をするドアボーイを一顧だにせず箱林がエレベーターに向かって走る。

「よろしくお願いします」

彼の代わりに、と思ったわけではないが、ぺこぺこお辞儀をしながら僕も箱林に続き、フロント階へと通じるエレベーターに飛び乗った。

そのホテルは高層ビルにあるため、フロント階までと宿泊階へのエレベーターが分かれているのだった。

フロント階に到着すると箱林は真っ直ぐにフロントへと向かい、笑顔で対応するフロントマンに警察手帳を提示した。

「今、タキシードの男が通っただろう?　どこに行った?」

「タキシードのお客様は……」

フロントマンがここで言葉を濁す。

「隠し立てをすると……っ」

激昂《げっこう》しそうになった箱林をとめようとしたそのとき、すぐ傍をタキシード姿の若い男性がドレスの女性と共に通り過ぎた。

「えっ?」

驚いて目で追った先にまたタキシードの男を見出し、ぎょっとする。

「箱林さんっ」

「なんだよっ」

袖を引くと箱林は怒声を上げたものの、僕が指さした先を見て「げっ」と声を上げた。

「タキシードの方は本日、たくさんいらっしゃいますので……」

フロントマンがおずおずとそう言い、箱林を見やる。

このホテルは超高級といわれていることは知っていたが、だからといってタキシード客が溢《あふ》れているのはやはり不自然だ。

何か大きなパーティでもあるのかという僕の考えを箱林もまた抱いたようで、

「宴会場は？」

と身を乗り出し、フロントマンに問いかけた。

「この階の一階下にございます……が……」

何かを言いかけた彼に箱林は「どうも」とだけ告げると踵を返しエレベーターへと向かった。

僕もそのあとを追う。

エレベーターで一階下に降り、宴会場階に走り出る。どこかに受付は、と見回していると、
どうやらフロントから連絡がいったらしい宴会場の責任者と思しき男が駆け寄ってきた。

「先ほど二組の披露宴が終わりました。タキシードのお客様はたくさんいらっしゃいましたが、
新たに入られた方はいらっしゃらなかったと……」

額に汗を滲《にじ》ませながらそう告げるホテルマンに箱林が問いかける。

「二組の披露宴が終了したとのことですが、他に開催されてるパーティはありますか？」

「それは……」

ホテルマンの目が泳ぎ、額の汗をハンカチで拭《ふ》くその手の動きが速くなる。

「あるんですね？」

「……それに関しましては、その……」

ホテルマンは言いづらそうに口ごもったが、箱林が何か言おうとするその前に、きっぱりとこう言い切った。

「お客様のプライバシーに関しますことですので、ホテル側としてはお答え致しかねます」

「なんだって⁉」

箱林がカッとし大きな声を出す。が、その彼も、

「どうしてもと仰《おっしゃ》るのなら、令状をお見せいただけますでしょうか」

というホテルマンの要請には、うっと言葉に詰まった。

「……わかった」

忌々しげに頷《うなず》いたあと、僕に目で合図をする。

「？」

何を求められているかわからなかったものの、僕は彼のあとに続きエレベーターへと向かった。

「どうしたんです？」

「僕は駐車場で羽越さんを待ち伏せる。君はロビーで見張ってくれ」

「見張るって……」

どうして、と聞こうとした僕の声に被せ、箱林の罵声が——随分抑えたトーンではあったが

――響く。

「馬鹿か。今、こんな状況で羽越さんが何をしにやってきたのか、気にならないのか？」

「そりゃ気になりますが……」

気になる。物凄《ものすご》く気になる。気にならないわけがない。が、羽越に知られぬよう見張るというのには抵抗を覚えた。

そもそも彼のあとをつけた時点で抵抗を覚えろ、という気はするが、それでも陰でこそこそするのではなく、堂々と本人に問うべきじゃないかと思う。だが僕がそう主張しようとしたとき、宴会場のある方向を向いていた箱林が、

「あ」

と小さく声を漏らしたかと思うと、いきなり僕の腕を摑《つか》み近くにあったソファの陰まで引きずり込んだものだから、僕は驚いて思わず声を上げようとした。

「しっ」

箱林の手が僕の口を塞ぎ、もっと頭を下げろ、とばかりにもう片方の手で頭頂部を押さえ込まれる。

なんなんだよ、と視線を向けようとした僕の耳に、男女の話す声が微《かす》かに聞こえてきた。どうやらエレベーターへと向かっているらしい上、女性は少し酔っているのか声のトーンが高い。

「それにしてもびっくりしたわ。てっきり来ないと思ってたから。留守番電話にメッセージを残しても、返事はなしのつぶてだったじゃないの」

「……すみません」

続いて、ぼそり、と男の声がする。あまりに聞き覚えのあるその声に僕は思わずまた声を漏らしそうになったが、箱林の手がそれを制した。

「まあ、いいわ。今日は泊まっていくでしょう？　ゆっくり話したいのよ」

艶《あで》やか、という表現がぴったりくる色っぽい、そして綺麗《きれい》な女性の声が響く。

エレベーターを待っているらしい二人の姿を見ようと、僕と箱林はこっそりソファの陰から窺《うかが》った。どうしても先ほどの男の声の主を確かめたかった、ということもある。

僕のところからは女性の顔は見えたが、男はちょうど背を向けた角度で後ろ姿しか見えなかった。

が、その姿にも見覚えがありすぎるほどにあり、その場で僕は固まったまま声を失ってしまっていた。

「部屋を用意させたわ。さあ、いきましょう」

女性は声のイメージそのものの、艶やかな美女だった。紅いドレスがよく似合っている。見た感じ三十代前半、といったところだろうか。女優といわれたらそうかと納得するような、存

在感のある物凄い美人だった。

肩を露《あら》わにしたドレスだったので、デコルテがまるで発光しているかのような美しさであることも目にとまる。

皺《しわ》一つない美しい首にかかっているのはきらびやかなダイヤのネックレスで、白い綺麗な肌をますます綺麗に彩っていた。

何者だ——？　やはり女優か？

二の腕も細いその手が男の腕に絡みつく。それを受け、男が女性へと顔を向けたため、ちらと横顔が僕にも見えた。

「……っ」

見間違うわけもないその姿——微かに見える横顔だけでも相当の美形だとわかるその顔の持ち主が誰であるかが判明し、息を呑む。

と、そこにちょうど上へと向かうエレベーターが到着し、二人が乗り込んでいく。扉が閉まる直前、男がちらとこちらを見た気がして、僕も、そして箱林も慌てて頭を下げ、勢い余って床に這《は》いつくばった。

チン、とエレベーターの扉が閉まる音がする。先に身体を起こしたのは箱林だった。

「今の………」

僕に確認しようとする彼の目が驚きに見開かれている。

「…………」

そんな彼に答えることも——そればかりか、床に蹲《うずくま》ったまま身体を起こすこともできない衝撃に今、僕は見舞われていた。

絶世の美女と共にエレベーターに乗り込んでいったのは間違いなく——彼だ。

僕らが事務所からあとを追ってきた、タキシード姿が決まりに決まっていた男。僕の勤務先の所長にして恋人でもある羽越真人《まさと》、その人だった。

## 5

今、僕は事務所で一人呆然とパソコンを前に座り込んでしまっている。

自分の目で見たというのに未だに信じることができない——が、あれは確かに羽越に間違いなかった。

紅いドレスの美女と腕を絡めた彼がエレベーターの中に消えた途端、箱林が僕を怒鳴りつけたことからもそれがわかる。

「なんだよ、今のは？　あいつ、舐《な》めてんのか？　この非常時にデートだと？」

怒りのままに怒声を張り上げていた箱林を前に、僕は何を言うこともできなかった。

「等々力さんが今にも殺人犯にさせられそうになってるのに、あの野郎、ふざけた真似《まね》しやがって……っ」

だんだんと言葉が乱暴になってきた彼の罵声は、だが、すぐに封じられた。騒ぐ声を聞きつけ、ホテルマンたちが駆け寄ってきたからではない。箱林の携帯が着信に震えたのだ。

「ぁんだよ」

こんなときに、と舌打ちしつつ画面を見やった彼が、はっとした顔になった。

「はい、箱林」

ほぼ直立不動となり応対に出たところを見ると、相手は上司かと想像できた。

「……いえ、そんなつもりは……………はい…………はい…………」

リアクションを見るに、どうやら叱責《しっせき》されているようである。

「……わかりました。すぐ戻ります」

不本意そうにそう告げ、電話を切った箱林は憤懣《ふんまん》やるかたなしといった様子で大きく息を吐いた。

「どうしたんです？」

半ば予測しつつ問いかける。やはり、といおうか、箱林の答えは、

「横槍が入った」

というものだった。

「見張られてたみたいだ。まったく、刑事が刑事を見張るか？　冗談じゃない」

怒り収まらず、箱林はしばらくの間ぶつくさ言っていたが、やがてまた、はあ、と大きく息を吐くと一言、

でも……」

「別に警察内での立場が悪くなろうが、僕は少しもかまわない。等々力さんを救うためなら。

「……箱林さん……」

と告げ、俯《うつむ》いた。

「帰る」

ここで箱林は悔しげに唇を嚙《か》みしめ、押し殺した声でこう続けた。

「これ以上楯突《たてつ》くと、捜査をはずされるだけじゃすまなくなる。謹慎でも言い渡されたら、誰が等々力さんを守るんだ」

きつい目で閉ざされたエレベーターの扉を見つめる箱林が言いたいことは僕にもわかった。

『羽越は何をしているんだ』

その思いは僕も一緒で、彼の視線を追いエレベーターを見てしまう。

「……それじゃ、あとは頼むな」

箱林はそう言うと唇を嚙みしめたままエレベーターへと向かっていった。

あとを託されたので僕はしばらくロビーで羽越が出てくるのを張っていたのだが、一時間待っても姿を現さないので諦《あきら》めて事務所に帰ってきた。

もしや羽越が先に帰宅しているかもしれないという期待は三パーセントくらいあった。僕が気づかないうちに駐車場へと降りたんじゃないか、とか、紅いドレスの女に宿泊を誘われたものの、断って帰ったんじゃないか、とか。

だが事務所にも生活スペースにも羽越の姿はなく、事務所と家を一通り見回ってそれを確認すると僕はもう、立ち上がる気力もなくして事務所のデスク前に座り込んでしまったのだった。

羽越は今、紅いドレスの女と一緒にいる。あの綺麗な美女と――重複、と自分で突っ込んだ――セクシーな彼女と彼はいったい何をしているのか。軽く想像できた。

しかしどうして『今』なのだ。等々力は友達じゃ――親友じゃないのか。等々力が殺人犯にされようとしているこんなときに、美女とお泊まりなんてすることないじゃないか。

頭の中には羽越を罵《ののし》る言葉が溢れていたが、僕の胸にあったのは憤りよりも落胆だった。

少しも身体に力が入らない。『こんな時』であろうがなかろうが、羽越が美女と一夜を過ごしているという事実に僕は打ちのめされていた。

羽越に『同類』の――ゲイの匂いを感じたことはない。少々変わり者ではあるけれど、あれだけの美形、しかも変わってはいるが性格もいいとなると、女性にも男性にもモテないわけがなかった。

それはわかっていた。わかっていたけれど――はあ、と、もう何度ついたかわからない回数繰り返した深い溜め息が口から漏れる。

目を閉じると鮮明に、羽越に腕を絡めていた美女の紅いドレスが、輝くような白い肌が浮かんできた。

羽越は微かに横顔が見えただけだったが、あのとき彼は微笑《ほほえ》んでいただろうか。

いないわけがない――また、溜め息が口から漏れる。

美男美女。お似合いの二人だった。どこか浮き世離れしている様子がよく似ている。

ベストカップル賞でもなんでもとればいいんだ、と、自分でも何を考えているのかわからないような思考をぐるぐると続けていたが、たまらない気持ちばかりが募り、ついにはゴン、とデスクに額をぶつけ、目を閉じた。

できるだけイメージしないように、とぎゅっと目を閉じ、ほかのことを考えようと試みる。

他のこと――そうだ、等々力刑事の巻き込まれた事件のことを考えよう。

てか、今こそそれを考えるべきだ、と頑張って記憶を辿《たど》り、最早『思い出』の域に達しつつあったゆかりや彼女の勤める店のママから聞いた話を思い起こした。

ゆかりにはストーカーが四人もいた。まああれだけの美女だから、ない話ではない。

美女――またも紅いドレスがちらちらと思考を遮るのを気力で退け、それにしても、と考えを続ける。

いくらなんでも四人は多かろう。本人にそのつもりはなくても、思わず庇護《ひご》の手を差し伸べたくなるあの雰囲気に、男はやられる――のか？

　ストーカー同士が争うという状況も、少々不自然な気がする。ストーカー行為をしている最中に気づいたのだろうが、それで争う理由が今一つわからない。

　等しくゆかりに相手にされていないのなら、いがみ合う必要はあるのか。ストーカーしていいのは自分だけだという独占欲とか？　まだ、ゆかりと付き合っている相手が他のストーカーと揉《も》める、というのならわからない話でもないんだけれど、とここまで考えて僕は、自分が随分ゆかりに対して意地の悪い見方をしていると認識せざるをえなくなった。

　僕はゲイだけど女性全般が嫌いなわけじゃない。恋愛対象にはならないが、人柄が好きだと思える女性は結構いた。

　ゆかりに対する第一印象も決して悪くはなかった。なのになぜ僕は今、彼女を意地の悪い目で見てしまっているのだろう。

　僕が箱林ならわかるけれど、と、ヤンキーめいた面を新たに発見した美少年刑事の顔を思い出しつつ、ママの話を頭の中で反芻《はんすう》する。

『ミイラ取りがミイラになった……ってことよ』

『等々力さん、ゆかりちゃんのストーカーだったもの』

「……………わからないよなあ……」

朴念仁《ぼくねんじん》。等々力に対しては失礼ながらその印象しかない。

ゲイではないだろうから、箱林の熱い視線に気づかないのはまあ、ある意味仕方ないともいえるが、どうも彼は男だけじゃなく女からのアプローチにも鈍感なんじゃないかと思うのだ。

彼にとって大切なのは仕事で、プライベート、こと恋愛は二の次だと、以前、羽越から聞いたことがある。等々力と僕は、特別親しいというわけじゃないが、羽越のその言葉を聞き、確かにそんな感じと思えた。

その等々力がストーカーになどなるだろうか。よしんばなったとしても、警察官の職務を忘れ、殺人犯を逮捕するのではなく殺害したりするだろうか。

よしんば――『よしんば』ばっかりだが――殺害したとして、等々力なら黙秘などしない気がした。

万が一、何かの弾みで殺害してしまった場合、彼ならきっと『やった』と潔く自白するのではないだろうか。

黙秘の理由は、誰かを庇《かば》っているとしか考えられない。事件について聞いたのは今日の夕方で、殺された男たちについての詳細も知らないし、実際会った事件関係者はゆかりと店のママだけだ。

等々力が庇う相手が誰だか、ヒントはさっぱりない。ゆかり、というのがありそうだが、話を聞いた限り、彼女にはアリバイがあるようだった。証人は店のママだ。

だいたいあの細腕ではナイフを振りかざすことなど、できそうにないしな、と、その可能性を捨て、それじゃママは？　と考える。

「……ないよなあ」

ママはゆかりのことを愛していて、彼女を苦しめる男全員を排除しよう、と考えた。なんて映画の筋のような展開は多分、なさそうだ。ママはゆかりを庇ってはいたが、何人もの命を奪っても守りたいというような情熱は感じられなかったように思う。

探偵の助手として羽越の傍で事件現場に立ち会うようになり、僕はそうした自分の勘に少々自信を持つようになっていた。

勿論《もちろん》、推理するまでには至らない。そして人を見る目もあまりない。だが、何か違和感を覚えたその人間が犯人だということが何度かあった。

『違和感』の説明はできず、本当に単なる『勘』でしかないのが情けなくはあるが、なんかこの人、怪しいな、と思った相手がかなりの高確率で逮捕される。

「刑事になれば大成したね」

羽越にもからかわれたほどだ——と、ここで僕は羽越にそう言われたときの光景に連動された、さっき見たばかりの羽越と美女の二人の姿を思い出してしまっていた。

「…………絵に…………なった……」

まるで一枚の絵のようだ、と思うと同時に僕の自慢の『勘』が、あの二人は訳ありだと告げていた。

勘が働かなくとも、女性のほうが羽越に対し強い執着を覚えていることはよくわかった。

羽越が女性に対してどのような感情を抱いていたかまでは、あんな短時間ではわからない。が、腕を絡められたとき、羽越ははっきり彼女を受け入れていた、それはわかった。

「…………誰なんだよ……」

超のつくほど高級ホテルで開かれていた何かしらのパーティ。ホテル側が警察の尋問をも跳ね返したそのパーティに羽越は出席した。おそらくあの女性に会うために。

よりにもよってこんなときに、と溜め息を漏らした僕の胸がキリキリ痛む。

羽越は今夜、僕と一緒に過ごすはずだったのだ。

夕食に海鮮丼を食べ――るのを、家で簡単にできるカレーに変更し、食べたあとにはすぐ、二人して抱き合う。そういうことになっていたはずなのだ。

なのになぜ、今、彼はこの場にいないんだ？　なぜタキシードなんて着てめかし込み、超高級ホテルで紅いドレスの美女と腕を絡ませ、エレベーターの中に消えていったりしたんだ？

『泊まっていくでしょう？』

しかも宿泊だ。あんな魅力的な女性と宿泊し、何も起こらないわけがない。

もともと、今夜、あのホテルを訪れることは――あの女性と会うことは予定されていたのか。もしそうなら羽越はなぜ、僕と夕食に出かけようとしたり、出かけるのはやめて部屋でいちゃいちゃしようというようなことを言ってきたり――よく考えてみたら言われてないかもしれないが――したんだろう？

僕を抱いてから、こっそり出かけるつもりだったとか？

「二股？」

自分の言葉にドキリとする。

羽越は破天荒な性格をしているとは思うが、不誠実と思ったことは一度もなかった。だが僕が羽越を知っている期間はたった三ヶ月だ。三ヶ月で心変わりをした、という可能性は否定できない。

「………美女、だったなあ……」

またも自然と呟いてしまっていた自分の言葉に酷く傷つく。

もしも羽越の浮気の相手が絶世の美少年、もしくは美青年だったらどうだろう。同性としてそっちのほうが辛《つら》くないか？　と、自分を慰めてみたところで、気持ちは少しも上向かなかった。

だいたい、あの美女との仲が『浮気』だと誰が言った？　二人の親密そうな雰囲気からして、あちらが本気、僕が浮気かもしれないじゃないか。

「…………あり得る……」

あり得るどころか、そうとしか思えなくなってきた。もともと羽越がゲイか否かは疑問が残ったのだ。ちょっとした好奇心で男を抱いてみたものの——ちなみに僕のことだ——本質的には女性が好きだと改めて自覚したのかもしれない。

しかしなぜ今、の思いはある。今は親友の等々力が大変なときなのに。

堂々巡りとしかいいようのない思考は、巡れば巡るほどマイナス方向へと沈んでいく。事務所内の空気は僕の溜め息で満たされていき、ますます僕をどんよりした気持ちに陥らせていった。

助手を辞めようか。白々と夜が明けはじめたときに、僕はそこまで考えていた。

仕事とプライベート、割り切ることができれば別に辞める必要はない。探偵助手としての仕事は嫌いじゃないし、続けたくもあったが、続ける場合でも住居は探す必要があった。理由は簡単で、今、僕の寝室イコール羽越の寝室だからだ。

近所にアパートを探すか。なんならこのボロビルのオーナーを紹介してもらい、空いている部屋を借りたいと交渉してみようか。

それなら通勤にも便利だし――と、そこまで考えた僕は、やはり近くにいるのは辛いか、と思い直した。

たとえば二階の部屋を借りたとして、羽越の腕が恋しくなった場合、物理的な距離があれば耐えようと考えるだろうが、階段を上れば彼がいるという状況では、我慢などできなくなるに違いない。

羽越にその気がないのであれば我慢せざるを得ないわけで、そのためにはやはり遠いところに住むしかないだろう。

我慢する必要はあるのか？　というもう一人の自分の声が頭の中で響く。

もしも羽越が受け入れてくれるのであれば、胸に飛び込めばいいんじゃないか？　あの美女との関係を問い質《ただ》すことなく、気づかぬふりを貫けば、今の関係をキープできるんじゃないのか？

羽越側から告げられたら話は別だろうけれど。またも深い溜め息を唇から漏らす自分の気持ちがよくわからなくなってくる。

浮気を――どちらが本気かということはさておいて――しているとわかっているのに、それに目を瞑《つむ》ることが果たして僕にできるのか。

浮気相手を腕に抱いた、その手で抱き締められることに僕は耐えられるんだろうか。

「…………」

耐えられるわけがない。だがその手を失うよりはマシと思うかもしれない。

何度と数え切れない深い溜め息を漏らした僕の耳に、カチャ、とドアが開く音が響く。

「……っ」

はっとして伏せていた顔を上げると、ちょうど事務所のドアを開き、中へと足を踏み入れた羽越と目が合った。

「どうした？　こんな時間まで、まさか残業かい？」

羽越が心底驚いた様子で目を見開き、問いかけてくる。驚いてはいたが後ろめたさはまるで感じられない彼の口調や表情を見た瞬間、僕の中でブチッと何かが切れる音がし、気づいたときには立ち上がり、彼に殴りかかっていた。

「このっ！　浮気者ーっ‼」

「ちょ、どうした、環君《たまき》」

慌てた様子で羽越が僕の拳をひょいと避け、手首を摑む。

「離せっ」

「暴れないで……ああ、そうか。僕のあとをつけたんだね？　ホテルで君の気配を感じたのはやはり勘違いではなかったか」

淡々と――あまりに淡々と言葉を続ける羽越にはやはり、浮気の現場を見つかったというのに罪悪感を覚えている様子は欠片《かけら》もない。

なんて男だ、と激昂するあまり、頭から火を噴きそうになりながら僕は、なんとしてでも殴ってやる、と羽越の手を逃れるべく暴れまくった。

「浮気を認めた上でのその態度、酷いじゃないですかっ」

離せよ、ときつく手首に食い込む指を外そうとしたがかなわないので、膝で腹を蹴り上げようとする。

「おっと」

だがそれも避けられた挙げ句、僕はそのまま近くにあった来客用のソファに押し倒されてしまった。

「セックスで誤魔化す気ですかっ」

卑怯《ひきょう》だ、と尚も手足をばたつかせる僕をしっかり押さえ込みながら、羽越が、やれやれ、というように溜め息をつく。

「君にとっての僕は、どれだけエロキャラなんだ」

「ふざけないでくださいっ」

何がエロキャラだ、とまたも頭に血が上り、渾身《こんしん》の力を込めて羽越の身体を押しやろうとした僕の耳に、羽越の真摯《しんし》な声が響いた。

「ふざけてなどいないし浮気などしていない。僕が好きなのは環君、君だけだ」

声同様、否、それ以上に僕を見下ろす羽越の表情は真摯だった。

特に彼の瞳は真剣そのもので、強い光を湛えている。その眼差しを前にした瞬間、僕は不覚にも、胸を熱くしてしまった。

「……所長……」

涙まで込み上げてきたが、すぐ、自分の見た情景を思い出す。

『今日は泊まっていくでしょう?』

既に空は白んでいる。紅いドレスの美女の言葉どおり、羽越は彼女と泊まっているのだ。泊まっておいて『何もしていない』などと言い訳するつもりか、と僕は激しく首を横に振り、大きな声できっぱりと叫んだ。

「嘘つき! 見たんですからね! あんな美人とホテルの部屋に泊まっておいて、好きなのは僕だけって、そんな言葉、信じられるわけないでしょう!」

言い訳できるものならしてみやがれ。できやしないだろう。

胸に渦巻いていたのはそんな言葉だった。自分でも凶悪と思う目で羽越を睨んでいた僕だが、彼がぽろりと零《こぼ》した言葉には唖然とし、声を失ってしまったのだった。

「嘘じゃない。第一あれは僕の母だ。疚《やま》しいことなどできるわけがない」

「…………………はぁ？」

ようやく出た声は酷く間の抜けたものになった。その声が僕を我に返らせ、怒りを再燃させる。

「ふざけるなっ！　あれがお母さんだなんて……っ」

信じられるわけがない。羽越の母親ならどう若く見積もっても五十は超している。いや、十三歳の母とかなら超しちゃいないが——などと、こんなときにするべきではない思考が頭を過《よ》ぎったそのとき、羽越が真摯な顔のままゆっくり首を横に振った。

「本当に母だ。あれで今年五十二になる。女は化け物だとつくづく思うよ。相当の金と手間もかけてはいるが」

呆れたようにそう言いながら羽越が僕の上から退き、肩を竦《すく》めてみせる。

「……うそ……」

信じられない、と呟くと羽越は、心底嫌そうな顔をしながらズボンのポケットに手を突っ込み、一枚の古びた写真を差し出した。

「今日渡された。抱かれているのは僕だ。ちなみに彼女が僕に写真を渡した目的は、背後に写り込んでいる絵を探せというものだ」

「………」

僕も身体を起こし、差し出された写真を受け取る。写真にはホテルで見た美女が三歳くらいの、天使のように可愛い少年を抱いている姿が写っていた。

女性は僕がホテルで見た美女に間違いなかった。が、写真は随分古いもので、日付を見ると三十年近く前である。

「………うそ………」

天使的美少年の顔を凝視し、そこに羽越の面影を見出した僕は、思わず目を上げ彼の顔を見やってしまった。

「……かわいい……」

「ありがとう」

写真を再び見やり、そう呟いた僕に羽越が苦笑しながら礼を言う。

「絵……」

羽越を抱いた女性は確かに大きな油絵の前に佇《たたず》んでいた。芸術全般に弱いので自信はないが、有名な画家の描いたものではない気がする。

よく言えば前衛的、悪く言えば下手。そんな絵だ。なんでわざわざこの絵の前で、と首を傾げそうになり、今はそれどころじゃない、と当然すぎることに思い至った。

「え？　じゃあ、本当にあの女性は所長の……」

「ああ、母だ。違えばいいと願わなかった日はないが」

「……？」

意味がわからない。それで相槌が打てずにいた僕に羽越は、にこ、と笑いかけると、

「隣、失礼するよ」

と声をかけ、僕の横に腰を下ろした。

脂粉の匂いが立ち上り、嫉妬心《しっとしん》が煽《あお》られる。が、相手が母親であればさすがに『疚しいこと』にはなり得ないか、と僕は手にしたままになっていた写真を再び見やった。

確かに同じ女性だ。違うのは服装くらいだ、とまじまじと変貌《へんぼう》のなさぶりを見つめる。そんな僕の横で、羽越がぽつり、ぽつり、と話を始めた。

「今夜は母の誕生パーティだった。毎年彼女はあのホテルでパーティを開くんだ。もう十年以上になるか。僕は今日、初めて行ったが見栄と虚飾に塗《まみ》れた本当に不愉快なパーティだったよ」

吐き捨てるような口調に違和感を覚え隣の彼を見る。

「失敬」

驚かせたね、と苦笑すると羽越は、敢えて作ったと思われる淡々とした口調で話を再開した。

「実は僕の母親の再婚相手が、日本国民の九割が知っていると思《おぼ》しき代議士でね。警察に圧力をかけてもらうべく、お願いに行ったんだ。捜査現場に立ち入れるようにってね」

「ええっ?.?.」

そこに繋《つな》がっていたのか。驚きの声を上げた僕を見返すことなく、羽越が話を続ける。

「その代議士は一応、僕にとっては義理の父親となるわけだが、直接には頼みづらくてね。それで仕方なく母の力を借りることにした。今日の午前中にはもう、現場に立ち入れることになっているはずだ」

「……代議士が警察に圧力をかける……から?」

「ああ」

羽越がようやくここで僕へと視線を向け、にこ、と微笑む。二人見つめ合う時間が暫《しば》し流れ、僕は何を言ったらいいかわからず、ただ黙り込んでいた。

羽越の視線が僕から外れた直後、また彼が口を開く。

「『義理の父』ということになってはいるが、僕はかなりの確率で実父ではないかと思っている。おそらく父も……」

「……え……?」

意味がわからない。それで思わず声を漏らすと、羽越は、なんでもない、というように一度は首を横に振った。が、すぐ再び首を振ると小さく息を吐き、話し出した。

「今から三十年以上前、母と父は——代々政治家を輩出してきた、由緒正しいとされる家系の父は結婚の約束をするような仲だった。が、母は貧しい家の出だったので父の両親から結婚を反対されたんだ。二人は泣く泣く別れ、それぞれに別の相手と結婚した。母は結婚してすぐ僕を産んだんだが、父親は結婚相手ではなく別れた代議士だった」

「え？　でも……」

なぜわかるのか。日程的なものか。それとも血液型等でのちにわかったのか。そう聞こうとした僕の心理を読み、羽越が言葉を続ける。

「結婚して一年後に出来た子だった。が、母と代議士の関係は続いていたんだ。僕は父には少しも似ておらず、代議士にそっくりだった。わかっていただろうに父は僕を実の子として可愛がってくれたよ。実の親であることは間違いない母なんかよりよっぽどね」

「…………」

相槌の打ちようがなく黙り込む。羽越はそんな僕に苦笑してみせたあと、なぜか再び首を横に振ってからおもむろに口を開いた。

「優しい父だった。ごくごく普通の地方公務員で、気の弱いところのある人だった。気が弱い……というより、優しかったんだろう。だからこそ可哀想に、母に離婚を切り出されたときに了承するしかなかったんだ」

「……離婚……」

「ああ。代議士の両親が相次いで亡くなったのさ。別に殺されたわけじゃなく天命だったんだけどね」

羽越は頷くと、今まで以上に淡々と話を続けていった。

「両親が亡くなると代議士は待ってましたとばかりに妻と離婚し、母を後妻に迎えようとした。それで母は離婚を申し出たんだ。母は僕を引き取りたがったが、僕はなんとしてでも父の元に残ると頑張った。母が裁判を起こすと言うのに、世間に自分が誰の子かを公表すると言って脅したよ。それで母はようやく諦めてくれたんだ。おかげで自分が誰の子だか、はっきりわかる結果となったんだが……」

羽越がここで言葉を切り、はあ、と大きく息を吐いた。

「………」

辛そうだ。そんなに辛いのなら、もう話をしなくてもいい。そう言おうとしたと同時に、羽越がまた話し出した。

「父は──血の繋がらない僕の父は、僕が二十歳になったときに病気で亡くなった。最後まで、そう、亡くなるその日まで実の子として僕に接してくれていた。自分が亡くなったあと、僕が不自由しないようにと随分無理をして金も貯めてくれていたし、僕を受取人にして生命保険にも入ってくれていた。父だって思うところがあったに違いないのに、それを僕に感じさせることは最後までなかった」

羽越の声に熱がこもる。聞いている僕の胸にも熱いものが込み上げていた。

血の繋がりはないが、二人は真の父子《おやこ》だったということだろう。いい話だ。だがその『いい話』は羽越にとってはそう長く続かなかったらしい。

「父が亡くなってすぐ、母が一緒に暮らそうと声をかけてきた。夫の代議士もそれを望んでいると。反吐《へど》が出たよ。その申し出には」

はあ、と大きく息を吐き出し、羽越が一気にまくし立てる。

「代議士だって結婚していた。が、自分の両親が亡くなるとすぐ、妻を追い出したんだ。二人の間に子供はなかった。別れること前提で結婚したかのようにね。母も、代議士もそれぞれの結婚相手をなんだと思っているんだと憤らずにはいられなかった。人の気持ちを、相手の人生を踏みにじる権利は誰にもないはずだ。それをした二人に僕は絶縁を宣言した。二人には聞き入れられていないけれどね。わからない話ではない。父には僕以外、子供はいないから」

「所長…………」

自嘲《じちょう》といっていい微笑みを浮かべる羽越の表情はあまりに痛々しくて、僕は思わず呼びかけてしまっていた。

「僕もたいがい、不器用だとは思う」

羽越が尚も苦笑し、黙り込む僕の髪に手を伸ばしたかと思うとくしゃ、とかき回した。

「今までに何度か、実の父の力を借りればよかったと思われる状況に身を置いたことがあった。警察を辞めざるを得なくなったときがその最たるものだ。でも、どうしてもできなかった。亡くなった父の――血の繋がらない父のことを思うとね。きっと『気にするな』と思ってくれるだろうとはわかっているがそれでも……」

できなかった、と羽越が首を横に振る。

「でも今回はできた……等々力さんのためだから」

自分のためではなく、親友のためだから縋《すが》ることができた――そういうことでしょう、と羽越を見る。

「……そうだね」

微笑む羽越の横顔は、なんというか、とても寂しそうに見えた。顔は微笑んでいるがきっと彼の胸には今、やりきれない思いが渦巻いているだろうとわかるだけに、僕はいてもたってもいられなくなり、気づいたときには彼の身体に腕を回し、きつく抱き締めてしまっていた。

「…………ありがとう……」

羽越が礼を言う声が降ってくる。彼の声は普段とまるで変わらなかったが、彼の顔を実際見ればその目に涙が溜まっているに違いないとわかるだけに、どうしても僕は顔を上げることができなかった。

きっと羽越は泣き顔を見られたくないに決まっている。それゆえに僕は彼の胸に顔を埋めたまま、その身体をきつく抱き締め続けた。

羽越は無言のまま、自分を抱き締める僕の手をぎゅっと握り締めてくれた。掌の温もりが僕の涙を誘う。

「立っている者は親でも使えと言うからな」

わざとおちゃらけたようなことを言う彼に僕は、

「ちょっと違うような」

と突っ込んでやる。

それを待たれているとわかっていたからだが、予想どおり羽越は、

「生意気な」

と笑い、不意に立ち上がりながら僕も一緒に抱き上げた。

「うわっ」

思わぬ高さに彼に抱きついた——のは本当だが、狙ったところがないといえば嘘になった。

「箱林君から連絡があるまでには、まだ時間がありそうだからな」

そう言い、僕ににっこりと笑いかけてきた羽越の目は最早、潤んではいなかった。その目の中に立ち上っているのは欲情の焔《ほむら》で、きっと僕の目にも同じ焔が燃えているに違いないと思いながら、今度は意識的に彼に縋り付いていったのだった。

# 6

どさ、とベッドに身体を落とされる。乱暴な感じではなく、せわしない気持ちが表れた動作に、僕の興奮は最高潮に達していた。

「ん……」

覆い被さってきた羽越に唇を塞がれる。きつく唇をからめとられる濃厚なキスをかわしながら羽越の手が素早く動き、僕から服を剝《は》ぎ取っていった。

僕も手を伸ばし、羽越のタキシードを脱がそうとしたが、あっという間に裸に剝《む》かれ胸に顔を埋められてはもう、それどころではなくなった。

「や……っ……」

ちゅう、と音を立てて片方の乳首を吸われ、もう片方をきつく抓《つね》り上げられる。恥ずかしい話だが僕は胸をいじられるのにとっても弱い。下手したら胸だけでいけちゃうんじゃないかっていうほど感じやすいのだが、そのことに羽越はかなり早い段階から気づいており、閨《ねや》ではこうしていつも胸を丁寧に愛撫《あいぶ》してくれる。

「ん……っ……ん……っ」

ざらりとした舌で舐《ねぶ》られたあと、軽く歯を立てられる。堪らず身を捩《よじ》ると今度は反対側を引っ張り上げるようにして摘《つま》まれる。

両方の乳首に間断なく与えられる刺激に僕の雄は早くも反応を見せ、形を成し始めてしまっていた。

我ながら早い。恥ずかしくはあるが、いつものことでもあった。鼓動は早鐘のように打ち、肌が熱してくる。

羽越に男性経験があるかないかはちゃんと確かめたことはない。もしかしたら僕が初めてではと思わないでもなかったが、確認するのは怖かった。もし僕より前に誰かを抱いたり、もしかして抱かれたりした経験があると知ったら、きっと嫉妬に身を焼かれるとわかっているからだ。

女性に対しては嫉妬しないのか、となると——やはり嫉妬はするのだが、同性よりはまだ、マシな気がする。

いや、マシなことはないか。そんな思考はすぐ、続けることができなくなった。コリッと音がするほど強く、羽越に乳首を噛まれたためだ。

「やぁ……っ」

大きく背が仰《の》け反《ぞ》り、一段と高い声が唇から漏れる。肌が一気に火照り、鼓動が耳鳴りのように頭の中で響き始めた。

自然と腰が捩れてしまう、それを押さえ込むように僕の脚を己の脚で押さえ込むと羽越は、胸をいじっていた手をすっと下ろし、すっかり勃《た》ち上がっていた僕の雄を握った。

「あっ……あぁっ……あっ……」

先端のくびれた部分を親指と人差し指の腹で執拗《しつよう》に擦り上げられる。それだけでもういきそうになり、僕は自身の下肢を羽越の下肢へと擦り寄せようと、いつしか閉じていた目を開いた。

「……あ……」

目の前にいるのは、タキシード姿の彼だった。少しの乱れも見せないその決まりに決まった姿と、乱れに乱れている裸の自分とのコントラストに、彼に握られている僕の雄はどくんと大きく脈打ち、先端から先走りの液が滴った。

「どうしたの?」

僕の胸から顔を上げ、にっこりと羽越が笑いかけてくる。唾液《だえき》に濡れる彼の唇が天井の明かりを受けて煌《きら》めいて見えることにも僕の欲情は煽られ、また、先走りの液が滴り落ちた。

「そろそろ欲しい?」

言いながら羽越が雄を握っていた手を離し、脚の付け根から後ろへと指を這わせていく。ほしい。頷くと僕は自ら両脚を広げたものの、このままではタキシードが汚れてしまう、と興奮している割には冷静なことを考え、羽越の注意を促そうとした。

「所長、服……っ」

だが言葉にしている途中で、後ろに指を挿入されてしまい、続けることができなくなった。

「あぁ……っ」

つぷ、と繊細な羽越の指が中に挿《はい》ってくる。もう場所を覚えたのか正確に前立腺を攻められ、服の汚れを気にする冷静さはあっという間に僕から飛び去っていった。

「あっ……あぁ……っ……あっあっあっ」

後ろを乱暴なくらいの強さでぐちゃぐちゃとかき回されるうちにもどかしさが募り、気づけば自ら先走りの液で濡れた雄を、刺激を求めて羽越の服に押し当ててしまっていた。

「……あ……」

胸から顔を上げた彼にくすりと笑われ、はっと我に返る。が身体を勢いよく起こした彼が後ろから指を引き抜き、両脚を抱え上げてくれたのに、戻りかけた羞恥はすぐさま失せ、快楽への期待感が一気に高まっていった。

はやく。その願いを込め、腰を突き出す。そんな僕に羽越はわかっているというように頷くと、脚を抱えていた手を一旦離し、自身のファスナーを下ろした。

「わぁ……っ」

既に勃起《ぼっき》していた雄を取り出し僕に示してみせる。堪らず、ごくりと唾《つば》を飲み込んだその音が室内にやたらと大きく響き、さすがに恥ずかしくなった。

目を伏せたものの、羽越が両脚を抱え直してくれたのに、またも自然と腰が突き出る。今見たばかりのあの素晴らしく逞《たくま》しい雄がすぐにも欲しい。恥じらいよりも欲望が勝り、あられもない姿を晒《さら》している自覚は最早僕から失われていた。

熱い塊が後ろに押し当てられ、期待感に胸が膨らむ。期待感を覚えているのは胸だけでは勿論なく、すぐにも始まるであろう突き上げを期待し、僕の後ろは激しく収縮して羽越の雄を迎え入れようとしていた。

ずぶ、と先端が中に入った途端、後ろは更に激しくわななき、僕の欲情は一気に頂点へと達した。

「あぁっ」

自分でもびっくりするような声が口から迸《ほとばし》る。羽越は僕の両脚を再び抱え直すと、一気に奥まで貫いてくれた。

「あっ……あぁ……っ……あっあっあっ」

すぐに始まった激しい突き上げが、僕を快楽の極みへと押し上げる。激しく抜き差しされる逞しい雄が内壁を擦り、それで生まれた摩擦熱は一瞬にして僕の全身を焼いていった。

「はぁ……っ……んん……っ……あっあっあっあっ」

羽越が突き上げるたび、空気を孕《はら》んだパンパンという高い音が二人の下肢の間で響く。その音に負けないくらい大きく響いているのは、僕の甘えた、そしていやらしい喘《あえ》ぎ声だった。

「もう……っ……もう……っ……いく……っ……いっちゃう……いっちゃういっちゃういっちゃうーっ」

いけよ。

思わずそう言いそうになるほどのやかましい声は、だが、羽越を不快にさせることはなかったようで、彼の端整な顔には笑みが浮かんでいた。突き上げの速度はますます上がり、いよいよ喘ぎすぎて息が苦しくなってくる。

「もう……っ……ほんとに、もう……っ」

苦しい。快感の真っ直中にはいたが、これ以上突き上げが続くと絶頂を逃しかねない。そんな僕の状態を説明するより前に羽越は察してくれ、突き上げのスピードはそのままに片脚を離した手で僕の雄を握ると、一気に扱き上げてくれた。

「アーッ」

昂《たか》まりに昂まりまくったところへの直接的な刺激には耐えられるわけもなく、僕はすぐに達し白濁した液を二人の腹の間に撒《ま》き散らしていた。

「……っ」

射精を受け、激しく収縮する後ろに締め上げられたからだろう。羽越もまた達したようで、実にセクシーな吐息を漏らしたかと思うと、僕の上で伸び上がるような姿勢となった。

「……環君……」

はあはあと息を乱す僕の名を羽越が愛しそうに呼び、ゆっくり覆い被さってくる。

まだ荒い僕の呼吸を妨げぬよう、細かいキスを何度も何度も落としてくれる羽越の雄は、まだ僕の中にあった。

達して尚適度な硬さを保っている雄の感触に、頼もしさと共に欲情を煽られ、両手両脚でその背をきつく抱き締める。

「休まなくて大丈夫？」

僕の願いをすぐさま察してくれたらしい羽越が、心配そうに問いかけてくる。

「……ん……」

大丈夫。そう言葉にできないほどまだ息も整ってなかったにもかかわらず、僕は大きく頷くと更なる行為を求め、羽越の背に回した手脚にぐっと力を込めたのだった。

行為のあと、二人して順番にシャワーを浴び、羽越が用意してくれていた朝食を食べ終わった頃、事務所の電話が鳴り響いた。

「箱林君だろう」

羽越の予想どおり電話の主は箱林だったが、彼の声はどこか呆然としたものだった。

『あの……羽越さんに現場をご覧いただけるようになりました』

「やった！」

この連絡を待っていたのだ。歓声を上げた僕の耳に箱林の幾分切れた感じの声が響く。

『てかなんで？　何があったんだ？　なんでいきなり朝になったら全部がひっくり返ってるんだよっ？』

「さ、さあ……」

理由はわかっている。羽越の母親経由、実の父である著名な代議士が警察に圧力をかけたのだろう。

その代議士の名を僕はベッドの中で羽越から教えてもらったのだが、聞いた瞬間思わず絶叫するくらい物凄い人だった。

警視庁も速攻、動くだろう。警視庁どころか政府だって動かしかねない。そのくらいの大物政治家で、僕はつい、まじまじと羽越の顔を見上げてしまった。

「似てる?」

意図がわかったのか羽越が苦笑する。

「……………よくわからないかも」

実際、似ている気がした。が、思ったままを羽越に伝えるのは酷な気がして、わざとらしいかと思いつつ僕は首を傾げたのだった。

『おい、聞いてんのかよっ』

いつしかぼんやりしてしまっていた僕は、電話の向こうから箱林に怒鳴られ、はっと我に返った。

「すみません。それじゃすぐ、現場に向かいます」

まだ文句も言いたそうだったし、事情も聞きたそうだった箱林との対話を打ち切ると僕は、既に出かける準備を終えていた羽越に出発しようと告げるべく、リビングダイニングへと駆け戻ったのだった。

事件現場は隅田川《すみだがわ》沿いにある聖路加《せいろか》タワー近くの公園だった。キープアウトの黄色いテープが張られ、何人もの警察官がそこかしこに立っている。

現場が公園であるのならこっそり潜り込めばいいのではないかと当初僕は思ったのだが、これだけ厳重に監視されているのであれば不可能だったかと思い知った。

公園入り口では箱林が我々の到着を待っていた。なんとなく彼の顔が引き攣《つ》っている気がする。そう思いながら近づいていったそのとき、箱林の背後、現場保持のためのブルーのビニールシートの割れたところからある人物が顔を出し、僕の、そして羽越の足を止めさせた。

「…………」

思わず傍らに立つ羽越を見る。つい表情を窺ってしまったのは、今姿を現した人物が、羽越にとっては訳ありな男だったためだ。

僕自身は一度しか会ったことはなかったが、顔はよく覚えている。いかにもキャリア然としたその顔は、ある意味特徴的といえた。

見かけどおり彼はキャリアであり、羽越のもと上司だった。今は警視庁で高い役職についている。

剛田――羽越がこの世で唯一『許せない』と思っている男だ。かつて不正を働いたことを羽越に見抜かれたものの、泣き落としと権力で危機を乗り越え今の地位を築いた。

その男がなぜこの場に現れたのか。僕の視線の先にある羽越の顔には表情らしい表情がなかった。なんだかいたたまれなくなり、視線を前へと戻すと、剛田は酷く強張《こわば》った顔をし羽越を見つめていた。

顔色が悪い。が目は異様にギラギラと光っており、その眼差しは僕に向けられたものではないというのに、悪寒が背筋を走るのを止めることができなかった。

「行こう。環君」

びく、と身体が震えてしまったのだが、それが合図になったかのように羽越がそう言い、僕に向かってにっこりと笑いかけてきた。

「所長、あの……」

大丈夫ですか、と問おうとしたが、羽越の表情がいつもと同じひょうひょうとしたものに戻っていることがわかり、その言葉を慌てて飲み込んだ。

「行こう」

羽越が苦笑めいた微笑みを浮かべつつ、再び僕を誘う。

「はい」

頷き、颯爽《さっそう》とした様子で箱林の元へと近づいていく羽越のあとに僕も続いた。

「お、お疲れ様です……」

箱林が緊張した面持ちで羽越を迎える。

「じゃあ、現場を見せてもらうよ」

羽越は箱林ににっこり笑いかけると、すっと上着の内ポケットに手を差し入れた。

「まさか……」

出る。このパターンはと見守る中、羽越は内ポケットから取り出したそれを——ぬいぐるみの猫耳をすちゃっと頭に装着し、周囲に響き渡るような泣き声を上げた。

「にゃー」

「何が『ニャー』だ」

剛田が吐き捨てるようにそう言い、更にきつい目で羽越を睨む。

「にゃー」

対する羽越はまるで意に介さずといった表情を浮かべ、また一声鳴いたあとに剛田の横をすり抜け現場内に足を踏み入れようとする。

「待て」

すれ違いざま、剛田が羽越を呼び止めた。羽越の足が止まり剛田を振り返る。

「にゃ？」

だがあくまでも羽越には人語を話す気はなさそうだった。平然と問い返した——んだよな、多分——羽越を剛田はギラギラ光る目で睨み付け、押し殺した声でこう告げた。

「貴様、こんな『切り札』を持っていたのなら、なぜあのとき使わなかった」

「…………」

羽越は相変わらず無表情といってもいい顔を剛田へと向けていた。剛田も羽越を睨み付けている。

「あ、あの……」

緊迫した空気を破ったのは箱林だった。彼がどこまで事情を――今回急遽《きゅうきょ》羽越の捜査介入が許されたその理由についても、そしてかつて羽越が警察を辞めることになったその理由についても――知っているのかは謎だが、おそらくどちらも知らないのではないかと思われる。それだけに彼は、羽越が剛田と揉めることで剛田がヘソを曲げ、現場から彼を追い出すのではと案じたらしい。

「は、羽越さん、ご案内します」

勇気を振り絞った感じでそう言うと、剛田の横を「失礼します」と言いながら通り過ぎ、シートの中に入っていった。羽越が彼のあとに続こうとする。

「なぜ答えない」

そんな羽越の背に、剛田がきつい語調で問いかけた。再び羽越は足を止め、肩越しにちらと剛田を振り返るとひとこと、

「『切り札』を使うまでもないと思ったからですよ」

それだけ言い捨て、すっと前を向いてビニールシートの内側に入ろうとした。

「負け惜しみを……」

背後で憎々しげな剛田の声が響く。が、どう考えても今、負け惜しみを言っているのは剛田のほうだろう、と心の中で呟き、ちらと肩越しに彼を振り返った。

「余所見《よそみ》をしない」

後ろに目でもついているのか、前を歩く羽越が僕に注意を促す。

「すみません」

剛田に対しては平然と接していた羽越だが、どうやら彼の機嫌はあまりよくなさそうだった。先ほどの剛田の悔しげな顔を見て溜飲《りゅういん》を下げたのは僕だけだったようだ。羽越の気持ちはわかるような気もしたが、『わかる』なんて言うのは申し訳ないような気もして、結局僕は口を閉ざしたまま人型にテープが貼られた場所へと真っ直ぐに向かっていく彼のあとに続いた。

「こちらの人型がストーカー犯、こっちは等々力?」

人型は二つあった。

等々力は死んじゃいないのに、なぜに人型が？　と疑問に思っていた僕の横で、羽越はそう疑問を覚えていない様子で箱林に問いかけている。

「はい」

羽越が等々力のものかと指差した人型のすぐそばに煉瓦《れんが》で囲いをつくった花壇があった。

「血が付いてる」

一つの煉瓦の縁に血痕らしきものが残っていた。

「揉み合っているうちに後ろに倒れ込み、あの煉瓦に頭をぶつけて意識を失ったと、監察医は言ってます。出血はまあしましたが、たんこぶくらいですんだという……」

箱林が羽越に説明し、じっと顔を見つめる。なんとかその見解をひっくり返してほしいと祈っているらしき彼に羽越がまた問いを発した。

「発見されたとき、等々力は完全に意識を失っていたの？」

「はい」

箱林が頷き、羽越の視線を追うようにして人型のテープへと目を落とす。

「凶器を握っていた」

「はい」

「意識はいつ戻ったの？」

「警察が駆けつけた直後でした。一一〇番通報を受けて駆けつけた築地《つきじ》署の刑事が一番乗りだったんですが、その刑事が生死を確かめようとした際、等々力さんは意識を取り戻したそうです」

つらそうな表情で語る箱林の肩をポンと叩き、羽越が口を開く。

「にゃー」

「……可能なら人間の言葉で慰めてください」

羽越の一鳴きを箱林は淡々と流すと、

「他に何かお聞きになりたいことは」

と尋ね、羽越が口を開くより前にこう言い放った。

「当然ながら人間の言葉でお願いします」

「猫語で喋ったとしても、通訳がいるから大丈夫だよ」

ねえ、と羽越が僕を振り返る。

若干自信がないだけに、頷いていいのかやめておいたほうがいいのかと、瞬時迷った僕をちらと一瞥《いちべつ》してから箱林が意地の悪い口調でこう告げた。

「きちんと通訳できるとは思えませんけどね」

「小姑《こじゅうと》みたいな発言はそのくらいにして、話を事件に戻そう」

先にふざけた——というか、『にゃー』と鳴いたのは自分のくせに、羽越は涼しい顔でそう言うと、不満げな表情となった箱林に新たな問いを発した。

「等々力の人型は誰が再現した？」

「最初に現場に駆けつけた築地署の刑事です」

箱林が答え、なぜだか少々むっとした顔になる。

「築地署の刑事は実は、等々力さんとは顔馴染《なじ》みだったそうです。現場を見て正当防衛だと思い、それで等々力さんの倒れていたときの格好をして、テープを貼ってもらったと言ってました」

「彼も等々力が殺人など犯すはずがないと信じている……か」

羽越の言葉は『呟き』というには大きかったが、箱林は綺麗にスルーした。

嫉妬か。わかりやすいなーと考えていたのがバレたのか、箱林がじろりと僕を睨んでから、ふいとそっぽを向いた。

「しかしこの頭の位置はどうなんだ」

羽越がテープの頭部を指さす。

「花壇からは離れていますね」

確かに、花壇の煉瓦に血痕が残っていたとなると、頭部はそこにないとおかしいっちゃーおかしい。

「おそらく、痛みを覚え気を失う直前に身体を縮こめたのではないかと」

だが箱林の言うとおりかもな、と、そんな姿勢を感じさせるテープの人型を見やった。

「等々力は死んじゃない。当然ながら後頭部の傷と煉瓦の照合もしていないんだろう?」

羽越は納得しなかったようで、更に問いを重ねている。

「はい。ただ煉瓦に残る血痕は等々力さんのもので間違いありませんでした」

その確認は取れています、と箱林が切なげに告げ、項垂れた。

「血痕など、等々力の意識を奪ってからつければいいだけのことだ」

羽越は淡々とした口調でそう言うと、すっと人型を指さした。

「揉み合ううちに等々力が殺人犯を刺し、殺人犯が彼を突き飛ばした——確かにない話ではない。が、それにしては位置が変だ」

「変……でしょうか」

どこが、と箱林が問う。僕もどこが変かがわからなくて羽越を見ると、羽越は、やれやれ、というように肩を竦め説明を始めた。

「等々力の身長を考えてごらん。刺された殺人犯が突き飛ばしたのなら、花壇の向こう側の縁に頭をぶつけるくらいが適切だろう。殺人犯が等々力を突き飛ばした反動で後ろに下がったとしてもさ」

「そう……でしょうか」

箱林も、そして僕も、よくわからない、と首を傾げる。

「君たち、物理の成績は相当悪かったと見える」

羽越が呆れた口調でそう言い、またも肩を竦めた。

「どう見ても偽装だ。おそらく殺人犯は等々力が現場に到着したときには既に、死亡していたんだろう。それを発見した等々力が遺体に駆け寄り、屈《かが》み込む。その背後に真犯人が忍び寄り等々力の後頭部を殴打し昏睡《こんすい》させた。等々力の身体の位置から花壇の煉瓦に頭をぶつけたことにしようと思い立ち、真犯人は煉瓦に等々力の血をなすりつけた」

「でも……その証拠はありません」

沈痛の面持ちで箱林が告げ、唇を噛む。

「可能性がゼロじゃないかぎり、等々力さんの無実は証明されません。羽越さんは可能性をゼロにできますか？」

「十パーセント以下にはできるが、ゼロは無理だな」

羽越がそう告げ、抑えた溜め息を漏らす。

「……やっぱり……」

その瞬間、箱林はがっくりと肩を落とし、その場に倒れ込みそうになった。

「あとは」

が、羽越が言葉を続けたのに、箱林の姿勢がもとに戻る。

「等々力に真実を語ってもらうしかないな」

「でも……」

それができれば苦労はない。そう言いたげな顔になった箱林に羽越が一言言い放つ。

「会わせてくれ。等々力に。なに、剛田なら心配ない。止めることはないだろうよ」

「……は、はい……」

頷く箱林の頬が、見る見るうちに紅く染まってくる。

興奮しているのは僕も一緒だった。果たして羽越は何をしようとしているのか。終始黙秘を貫いている等々力の口を、彼はいかにして開かせようとしているのか。

考えがなければこうも積極的に動くわけがない。信頼を込め見つめた先では僕の、そして箱林の視線に気づいた羽越が、

「にゃー」

と意味なく鳴いてみせ、僕を、そして箱林を心持ちずっこけさせてくれたのだった。

# 7

事件現場から羽越《はねこし》と僕は真っ直ぐ警視庁へと向かい、取調室で等々力《とどろき》と向かい合った。室内には三人だけで、他に誰も——警察の人間は誰もいない。

「やあ」

羽越が声をかけたが、等々力はなんのリアクションも見せなかった。

「痩《や》せたな。留置所の食事があわないか？　お前は見た目に寄らず神経質だからな。食事よりも枕があわないのかもしれないな」

揶揄《やゆ》する羽越に、等々力は相変わらずなんの反応も返さない。

沈黙を破ったのは羽越だった。

「お前は犯罪者の心理というものがまるでわかっていない。少なくともあと一人、死ぬぞ」

「えっ」

驚きの声を上げたのは僕だけだったが、等々力は、はっとしたように羽越を見た。

「目的を達成したら間違いなく奴は死ぬ。今、生き延びようとしているのは残った復讐《ふくしゅう》を遂げるためだ」

「…………」

等々力は食い入るように羽越を見つめていた。羽越がその視線を真っ直ぐに受け止めこう告げる。

「止めてやれよ。それができるのはお前だけだ」

「……羽越……」

等々力がようやく口を開いた。掠《かす》れた声で羽越に呼びかける。

「おそらく。僕が考えるに次のターゲットは警察だ」

羽越の言葉に等々力がまた、はっとした顔になる。

「……警察……」

「ああ。実行犯はすべて始末した。残るは警察だ」

意味のわからない会話が羽越と等々力の間で交わされている。

「……俺は…………」

等々力がここで絶句し項垂《うなだ》れる。

「後悔する必要はない」

羽越が手を伸ばし、等々力の肩を叩《たた》いた。

「だがこの先何もしなければ全力で後悔することになるだろう。僕はお前にそんな後悔はさせたくない」

「……羽越………」

等々力が再び羽越の名を呼び絶句する。

「思いつくかぎりの警察関係者の名を言え。それができるのはお前しかいない」

「羽越……俺は……」

等々力が机の上に置いていた羽越の手を握り締め、口を開く。

「何も言わなくていい。僕が知りたいのは警察関係者の名だ」

羽越は淡々と返していた。が、僕にはそれが彼の優しさだとわかった。優しさを向けられている等々力も当然わかったようで、ぼそり、と言葉を発した。

「当時の捜査責任者の横手《よこて》警部はすでに退職している。彼に話を聞いたよ。おそらく発端は彼だ。それだけに彼が狙われることはないと思う」

「罪悪感に耐えられず告白した……というわけか。保身か。はたまた贖罪《しょくざい》か」

「贖罪だと感じたよ。じゃなければああも赤裸々に語るわけがないからな」

「なるほど。知らせたのが彼というわけだな」

本当に意味がわからない。が、羽越と等々力の間ではすべてが通じているようだった。

「そうだ。末期癌《がん》だとわかり、それで連絡をとったらしい」

「……随分と自分勝手な話だ」

やれやれ、というように羽越が溜め息を漏らす。

「そう言ってやるな。気持ちはわからないでもない。悔恨の念を残して死ぬのは辛《つら》いだろうからな」

「いい迷惑だ」

憤然と言い捨てる羽越を「だから」と等々力が諫めようとする。が、羽越はひとしきり罵《ののし》ったためか、最早言い訳はいい、といわんばかりに等々力の話を遮った。

「横手警部だが、事件後、警察を辞めたんだったか」

「正しくは『辞めさせられた』だ。すべての責任をとらされて」

「退職後のポストは約束されていたんだろう?」

「横手さんにも家族がいたんだ。責められることじゃない」

「別に責めちゃいない。同情してもいないだけで」

「話を先に進めよう」

それまで黙りがちだった等々力が今や会話の主導権を握りつつあった。

「ともかく。横手さんは余命が半年とわかった時点で彼女に連絡を入れた。真実を話したいと」

「彼女……？」

誰だ、と呟《つぶや》いた僕の声が取調室内に響く。等々力が、そして羽越もまた僕を見たが、二人の口が僕に対して開かれることはなかった。

「泣いて詫《わ》びたんだろう。あれからもう十年が経っている。横手さんとしては彼女の憎しみも薄れたと考えていたに違いないんだ。彼はただ、真実を知らせてやりたかった。お姉さんは自殺ではないという」

「お姉さん？　誰かの妹？？」

誰が誰の妹なんだ？　さっぱりわからない、とまたも疑問の声を上げたが、二人は室内に僕など存在しないとばかりに無視してくれた。

「そこからすべてがはじまった――今、横手警部は？」

溜め息交じりに羽越がそう告げ、等々力を見る。

「入院中だ。医師の診断は的確だな。余命半年を告げられてから間もなく半年が過ぎようとしている」

「ご存命中になんとかケリをつけよう」

羽越はそう言うと、等々力に頷《うなず》いてみせた。等々力もまた頷き返す。

「事件のあった日には呼び出されたのか？」

ここで話題はがらりと変わったようだ。しかし相変わらず僕は蚊帳《かや》の外だった。

「そうだ」

「現場では既に男が死んでいて、駆け寄ったところを後ろから殴られた」

「そうだ」

頷いた等々力に羽越が問いを重ねる。

「現場に彼女はいたのか」

「…………正直、わからない」

等々力は首を横に振ったが、彼の顔色は真っ青だった。

「姿は見ていないということか？」

「…………ああ……」

頷く等々力に羽越は一言、

「嘘だね」

と告げ、肩を竦《すく》めた。

「羽越……」

「お前が隙を突かれて殴られるなんてことがあるわけない」

「買い被《かぶ》るな」

　等々力が苦笑しつつ首を横に振る。

「買い被ってはいない。状況はわかったから、早く警察関係者の名を教えてくれ」

　だが彼の笑みは羽越が苛立《いらだ》った口調で告げたその言葉を聞き、頬の上で凍り付いたように見えた。

「それは……」

「言い渋る時点で想像はついている」

　青ざめる等々力に対し、羽越はどこまでも淡々としていた。

「だから言え。お前の口から聞きたい」

　羽越が真っ直ぐに等々力を見つめる。

「……羽越……」

　等々力もまた正面からその視線を受け止め、二人は暫《しば》し見つめ合った。

　十秒。二十秒。三十秒。

　一分ほどの間、二人は互いに口を開かなかった。が一分が経つとまるで示し合わせたかのように二人して口を開いた。

「悪かった。意地の悪いことをして」

「言おう。それが俺の責任だ」

言うまでもなく最初に口を開いたのが羽越で、あとが等々力だ。二人は顔を見合わせ笑っていた。

「いいよ」

羽越が首を横に振り、口を開く。それと同時に等々力もその名を告げていた。

「剛田《ごうだ》だろ?」

「剛田だ。当時新宿《しんじゆく》署の署長だった」

「……え……?」

事情はさっぱりわからない。が、唐突に出てきた剛田の名は僕を驚かせるには充分で、思わず声を漏らしてしまった。

「いい加減、蚊帳の外に置いておくのは可哀想じゃないのか?」

等々力がそんな僕を気遣ってくれる。

「あとからゆっくり説明するさ」

だが羽越は等々力の僕への気遣いを軽く流すと、今まで以上に淡々とした口調で言葉を続けた。

「横手さんの意識がはっきりしていれば確認もとれるが、それがかなわない今、想像するしかない。横手さんは自己を正当化するつもりはなかっただろうが、お姉さんの死を自殺と断定せざるを得なかった理由を——最もわかりやすい理由を彼女に伝えたとは軽く推察できる。覆すことはとてもできない、権力を持った上からの指示だった。その上が誰だったかということも、請われれば教えたんじゃないかと思う。今は更に権力を持ち、当時以上にその意向に背くことができなくなった男の名を」

「……間違いないだろう。横手さんは剛田を恨んでもいたからな。警察を辞めざるを得なくなったのは剛田のせいだと言って」

「まあ、だからといって彼もこんな展開になろうとは想像していなかっただろうが」

やれやれ、と羽越が肩を竦め首を横に振る。

「それは間違いないと思う」

等々力はそう言ったあと、はあ、と深く溜め息を漏らした。

「どうした」

羽越がそんな彼の顔を覗《のぞ》き込む。

「俺は……もう、終わったのかと思っていた」

俯《うつむ》いたまま、ぼそりと告げた等々力の肩を、羽越が手を伸ばして叩く。

「だから身代わりになろうと思った……わかるよ。何も言わずとも」

「俺は甘かったな。彼女の性格を考えれば次があると見抜くべきだったのに」

「客観視しているかしていないかの差だ。いいじゃないか。僕が気づいたのだから」

「…………羽越…………」

　等々力がここで顔を上げ、羽越を見る。彼の目が酷く潤んでいることに気づき、僕はぎょっとしてしまった。

「……お前に剛田を警護させるかと思うと、俺はもう、なんと言えばいいのか……」

「何も言わなくていい。人間のクズでも人間であるかぎり命の重さは平等だからな」

　羽越は唇を歪めるようにして笑うと再びその唇を開いた。

「すぐさま剛田と話をしよう。もしかしたらもう、彼女から接触があったかもしれない」

「ああ」

　等々力が頷き立ち上がる。が、すぐ彼は残念そうな顔になった。

「まだ俺は取調中の身か……」

「その辺は大丈夫だろう」

　羽越がそう言ったと同時に勢いよく取調室のドアが開き、どうやら室内の様子を窺《うかが》っていたらしい箱林《はこばやし》が飛び込んできた。

「等々力さん、これ……っ」

彼が等々力に駆け寄り手渡したのは警察手帳と手錠だった。

「どうして……」

呆然《ぼうぜん》としている等々力に羽越が声をかける。

「いくぞ」

「羽越、お前まさか……」

等々力は今、顔色を失っていた。が、羽越はそんな彼を振り返ることなく、閉じてしまっていたドアを自分で開き、颯爽《さっそう》と取調室を出ていった。

「待ってくれ」

等々力が慌てた様子で羽越のあとを追い、そのあとを僕と箱林が追う。

「隣の隠し部屋で聞いていたけど、さっぱりわからなかった。姉ってなんだ？　犯人は『彼女』というようなことを言っていたが、女ってことなのか？」

「わかりません、僕にも……」

小声で囁《ささや》いてきた箱林に囁き返す。と、箱林は、『つっかえねえなあ』と言わんばかりに舌打ちし、ふいとそっぽを向いてしまった。

もう慣れたものなのでこの程度で傷つきゃしないが、それにしても何がどうなっているのかと僕は前を走る等々力と羽越を見やった。

「剛田の部屋は？」

「十五階だ」

肩越しに振り返る羽越に答え、等々力が彼と肩を並べる。

「なあ、羽越」

「話はあとだ」

羽越がそう言ったところでエレベーターホールに到着し、ちょうどやってきた箱に二人は乗り込んだ。僕も箱林も慌てて中に駆け込む。

「ああ、そうだ」

上昇するエレベーター内で羽越は何か思いついた声を出すと、やにわにスーツの内ポケットに手を突っ込み、そこから例のモノを——ぬいぐるみの猫耳がついたカチューシャを取り出した。

「そういやさっきははめていなかったな」

チン、とエレベーターが到着した音がし、扉が開く。箱林が『開』のボタンを押しているうちに猫耳を頭に装着した羽越と等々力は箱を降り、それに続こうとした僕は箱林に、十年早い、と睨《にら》まれた。

「さっき？」

剛田の部屋を案内すべく、先に立って歩く等々力に羽越が問い返す。

「ああ、俺の取り調べのときだ」

「あれは取り調べじゃない。話をしただけだからね」

これはいらない、と羽越が笑う。

「羽越……」

等々力は何かを言いかけたが、すぐはっとした顔になると、

「ここだ」

と一つの部屋の前で足を止めた。横に小さくプレートがあり、そこに『刑事部次長　剛田一《はじめ》』の名がある。

ノックをすると中から剛田の「誰だ」という声が響いた。

「失礼します」

等々力が声をかけドアを開く。彼が中に入るより前に羽越がするりと開いたドアの間から身体を室内に滑り込ませた。

「なんのつもりだ」

部屋では剛田が執務机で何か書類を捲《めく》っていた。羽越の姿を見て、あからさまに不機嫌な顔

になる。

「ふざけた格好をして……一体どういうつもりだ！　お前の希望はかなえたはずだ。これ以上何を……っ」

立ち上がり、激昂《げっこう》して叫ぶ剛田の顔には屈辱感が溢《あふ》れていた。権力に屈するしかないことが悔しくてたまらないようだ。自分がその『権力』を駆使してきたくせに、と苦々しく思っていた僕の前で羽越は一声、

「にゃー」

と鳴いてみせると、更に激昂しかけた剛田に向かい口を開いた。

「呼び出しがかかっているはずです。谷原《たにはら》ゆかりから。プライベートな用件で」

「な……っ」

羽越が淡々と言い出したことに剛田は絶句したあと、すぐ、

「馬鹿馬鹿しいっ」

と吐き捨てた。

「そんな事実はない」

「あるはずだ。しかも今夜。いや、これからすぐか？　彼女は焦っているはずだからな」

「だからそんな事実は……」

剛田がそう言いかけ、はっとした顔になる。

「……どういうことだ？」

剛田が羽越に、そして等々力に問いかける。彼の顔は今や血の気を失い真っ白になっていた。

「場所と時間を。気づかれたと察すれば逃走される危険がある」

羽越の口調はどこまでも淡々としていた。対する剛田はしどろもどろになっている。

「いや……しかし、そんな……」

「いいから早く！　証拠は何もないいんだろう？　逮捕するなら現場を取り押さえるしかない。さあ」

淡々と、だが着実に追い詰めていく羽越の前で剛田は一瞬黙り込んだが、羽越が再び、

「さあ！」

と声を張り上げると、がっくりと肩を落とした。

「……十五分後に……駐車場の私の車の前だ」

「十五分後！」

ギリギリだったのか、と思わず大声を上げた僕になどかまうことなく、羽越が問いを発する。

「車は駐車場のどこに停めている？」

「……幹部専用の場所だ。三の六ブロック」

答える剛田はどこか呆然とした表情だった。信じがたい、と言いたそうである。

「しかし、いや……」

ぶつぶつと呟いていた彼の顔は相変わらず真っ白で生気がなかった。

「行くぞ」

羽越が等々力に声をかけたあと、ああ、そうだ、というような表情となり剛田を振り返る。

「コートを貸してください。警戒されないよう、あなたのふりをします」

「……………わかった……」

剛田がよろよろと、机の傍にある一人用のクローゼットへと歩み寄り、開いて取り出したコートを差し出す。彼の手はぶるぶると震えていた。

「どうも」

羽越はにこりともせずそれを受け取ると、ばさっと勢いよく広げ、それを肩からかけた。

「背格好は似ているから、まあ、大丈夫だろうな」

呟くようにそう告げたかと思うと、羽越は入ってきたとき同様、颯爽とした足取りで部屋を出ていった。

「おい、待てよ」

そのあとに等々力が、そして僕らが続く。

羽越はカチューシャをコートのポケットにしまっていた。再びエレベーターへと向かう羽越に等々力が駆け寄る。

「羽越」

「等々力、拳銃を準備してくれ」

呼びかけた等々力に対し、羽越は一言そう言うと、下に向かうエレベーターのボタンを押した。

「拳銃……」

等々力の表情が一気に引き締まる。

「使わずに済めばいい。が、用意しておくに越したことはない」

「わかった」

等々力が頷き、箱林を振り返った。

「許可を貰《もら》ってきてくれ。剛田次長に言えば話は早いだろう」

「わ、わかりました」

箱林が大慌てで、もときた廊下を戻っていく。そのときちょうどエレベーターが到着し、三人は無人の箱に乗り込んだ。

「まだ気持ちの整理がつかない……そんな場合じゃないってことくらい、わかりきっているが」

「そうだ。そんな場合じゃない」

俯き、呟いた等々力に羽越が一言言い捨てる。

「……そうだよな」

等々力は項垂れたが、エレベーターが彼の押したボタンの三階で停まると、

「銃を取ってくる」

と言い残し降りていった。

「……あの、所長」

二人きりになったので僕は羽越に声をかけた。

「環君《たまき》」

羽越は僕の名を呼んだかと思うと、問いかけようとした僕に不意に覆い被さってきた。

「しょ、所長？」

きつく抱き締められ、びっくりして呼びかける。

「少し、このままでいさせてくれ」

耳許で羽越の声がしたが、今までの淡々とした声音とはまるで違う、弱々しささすら感じさせる掠れた声に、僕は言葉を失い立ち尽くしていた。

チン、という音と共にエレベーターが地下三階の駐車場に到着し、扉が開く。

「悪かった」

ふっと笑い、身体を離した羽越の声はもとの淡々としたものに戻っていた。顔には笑みもある。が、言葉にできない痛ましさを覚え、僕はエレベーターを降りると前を歩く彼の背に駆け寄り、背後からきつく抱き締めてしまった。

「……環君」

「…………」

なんと声をかけていいかわからない。が、何があろうと僕はあなたの傍にいる。そう伝えたかった。

「もう、行かないと……」

言いながらも羽越は足を止め、前に回る僕の手を上からぎゅっと握り締めてくれた。

「ありがとう、環君。これで随分と吹っ切れた」

握った手を離し、ぽんぽんと叩いて外させると羽越は僕を振り返り、にっこり、と微笑《ほほえ》んでみせたが、彼の顔は言葉どおり、酷く晴れ晴れとしていた。

「危ないから君は上で待っているといい」

わかったね、と羽越が言い置き、歩き出そうとするのに僕は駆け寄り横に並んだ。

「邪魔にならないようにしますから！　お願いですから追い払わないでください」

「追い払うことはしないよ。でも気づかれたら大変だからね」

羽越はそう言うと、すっと駐車場の向こうを指さした。

「あのあたりに僕はいる。君はあの柱の陰にいてほしい。いいか？　何が起こっても声を出すな。逮捕のチャンスは一度しかないんだ」

「でも………でも、それってとても危険なことなんじゃ……」

羽越は等々力に、拳銃を用意するように告げていた。そして彼が羽織っているのは剛田のコートだ。事情はさっぱりわからないものの、話の流れから羽越は剛田の身代わりになり犯人をおびき寄せようとしているとしか思えない。

犯人——きっと彼女が犯人だ。剛田に詰め寄ったとき、羽越が名を出した彼女が、と、美しいその顔を思い浮かべていた僕の肩を、羽越がぽんと叩く。

「危険はないよ。等々力がいるからね」

そう言い、羽越が視線を送った先を追った僕の目は、エレベーターから駆け出してきた等々力と箱林の姿を捉えた。

「箱林君と環君はあの柱の陰で待機だ。等々力はもう少し傍で待機してほしい。お前、射撃はそう得意じゃなかったから」

「失敬な。お前よりは得意だよ」

「忘れたのか？　僕がオリンピック候補になったことを」

「忘れるも何も、そんな事実はなかった」

和気藹々《わきあいあい》と会話を続ける羽越と等々力に対し、僕と箱林はすっかり置いていかれた感じとなってしまった。

「ラブラブなんだから」

不満そうに口を尖《とが》らせてはいたが、箱林の顔には安堵《あんど》の色があった。

「狡《ずる》い。そう思うだろ？」

「うん。狡い」

初めて箱林と心が通じた気がする。そう思いながら僕は箱林に頷き返し、彼と同じように苦笑――というには嬉しげな笑みを浮かべてみせたのだった。

# 8

　僕と箱林は少し離れた柱の陰で、銃を持っている等々力はもう少し役職員用の駐車場の近くの柱の陰で、そして羽越は剛田の車の傍で待機していた。

　エレベーターの扉が開くたび、僕も、傍にいる箱林も緊張した。が、現れるのは警視庁に車でやってきたと思《おぼ》しき一般人ばかりで、そのたびに僕たちは、はあ、と抑えた息を吐き出した。

　時刻は間もなく、剛田が約束した十五分後になる。緊張しつつ立ち尽くしていた僕の耳に、微《かす》かな音が響いた。

　非常扉をそっと開ける音だと気づき、開いたドアを見る。現れた姿を見て思わず声を上げそうになったが、気力で堪えた。

　姿を現したその人物は、扉をやはりそっと閉めるとその場で靴を脱いだ。ハイヒールでは足音が立つと思ったのだろう。その服装にスニーカーは似合わないからな、と華やかな色の服を見る。

靴を脱いだその人物は僕と箱林の前を通り過ぎ、真っ直ぐに羽越のいる場所へと向かっていった。

「……っ」

手に持っているものを見た瞬間、またも声を上げそうになったが、横から箱林に口を塞がれ叫ばずに済んだ。

足音がしないようにゆっくりと、羽越に向かい進んでいく。羽越は気づいているのかいないのか、背を向けたまま車の横に立ち尽くしていた。

危ない——危険を知らせる術《すべ》はない。羽越が気配を察してくれることに期待するしかない今の状況は、僕にとっては辛すぎた。

でも邪魔をするなと言われているだけに知らせることはできない。ジレンマで頭がおかしくなってしまいそうになっていた僕の目の前で、足音を忍ばせていたその人物が一瞬、足を止めた。

気づかれていないか、様子を窺っているようだ。気づかれていない。そう確信したらしく、その人物は手に持っていたそれを——ナイフをしっかりと両手で握ると、羽越に向かい駆け出した。

「所長！」

僕が堪らず叫んだのは、羽越がくるりと振り返ったあとだった。

「あ……っ」

羽越の背をナイフで刺そうとしていた裸足の人物が絶句し、足を止める。

「ゆかりさん。もうやめましょう」

羽越がその人物に——青い顔をして立ち尽くすゆかりに声をかけると、ゆかりははっとした顔になったものの、すぐ踵《きびす》を返しその場を逃げだそうとした。

「ゆかりさんっ」

そんな彼女の前に等々力が立ちはだかる。

「等々力……さん……」

ゆかりは彼を見て呆然とした顔になり、足を止めた。

「……釈放……されたの」

ゆかりがだらりと両手を下ろす。カシャン、と音を立て彼女の手からナイフが落ちた。

「……はい……」

ゆかりの問いに等々力は頷いてみせたが、彼の顔は本当に苦しげで、どうしたことかと心配になるほどだった。

「……犯人は自分じゃないと言ったのね」

ゆかりがよろよろした歩調で等々力に近づいていく。

「…………」

等々力は何も答えず、ゆかりを見つめていた。

二人の間の距離が詰まる。三十センチを切ったあたりで、ゆかりが手を伸ばし等々力の背広を摑んだ。

「庇《かば》うんなら最後まで庇いなさいよっ」

「等々力さんっ」

等々力の身を案じたのだろう、箱林が二人に駆け寄ろうとする。

「よせ、箱林」

近づくな、と制した等々力の胸をゆかりは拳で叩き続けた。

「お人好し！　馬鹿がつくほどのお人好しのくせに！　なんで……なんで最後まで黙ってないのよう……っ」

「…………」

痛みを覚えるほど強く叩かれているだろうに、等々力は何も言葉を発しない。

「決まっているだろう」

彼のかわりに、という意図があったのかはわからない。が、いつの間にか二人に近づいていた羽越が彼女に語りかけた。

「……なに、その耳」

　これもまたいつの間にか、羽越はぬいぐるみの猫耳カチューシャを装着していた。ゆかりが呆れたようにそう突っ込んだあと、

「あーあ」

　と声を上げ、ぺたりとその場に座り込む。

「もう終わりだわ。全部おしまい。そうよ。私がやったのよ。四人を殺したのは私。五人殺したつもりだったけど、この人、石頭だったのね。まさか死んでないとは思わなかったわよ」

『この人』とゆかりが指さしたのは等々力だったが、等々力は彼女の視線を受け止めていたものの口を開くことはなかった。

「死刑にでもなんでもすればいいわ。全員、殺したい奴殺したらどうせ死ぬつもりだったし。心残りは、そうね。剛田を殺せなかったことだわ。刑事部次長だっけ？　偉くなるとやっぱりガードが堅いのね。あんたも奴を護ったからには、出世は安泰ってわけね」

　そう吐き捨てたゆかりに対し、等々力が初めて動いた。座り込む彼女の前に膝をついたかと思うと、手を振り上げ、彼女の頬を叩いたのだ。

「いたっ」

「等々力」

「等々力さんっ」

羽越が、そして箱林が声を上げる中、ゆかりは一瞬唖然《あぜん》としていたが、やがて、げらげらと笑い出した。

「プライドが傷ついた？　でもそうなんでしょ？　自分の身、かわいさで犯人は私だって訴えたんでしょ」

「違う。俺は君が剛田を殺そうとしていることに気づいていなかった」

ゆかりの声を等々力が遮る。

「……え？」

ゆかりが不思議そうに問い返す中、等々力は彼女の両肩を摑み、身体を揺さぶった。

「気づいたのは彼だ。羽越だ。羽越はかつて剛田に酷い目に遭わされたにもかかわらず、彼を護ろうとしたんだ！　俺を詰《なじ》りたければ詰ればいいが、剛田を護った経緯だけは君に誤解してもらいたくない……っ」

「興味ないわよ。そんなこと」

熱く訴える等々力の言葉を、ゆかりが一刀両断、斬って捨てる。

「興味を持ってほしいんだ。復讐だけが道ではなかったという」

尚も訴える等々力を、ゆかりが怒鳴りつけた。

「この馬鹿猫は身内を剛田に殺されたとでもいうの？　そうじゃないでしょう？　なら私と同等に語らないでよ！」

「確かに、君のお姉さんの事件については同情する」

喚《わめ》いていたゆかりの声を鎮めたのは、羽越の静かな声だった。

「同情……」

ゆかりは一瞬黙ったものの、激昂した様子で口を開こうとする。が、それより前に羽越が話し始めていた。

「君のお姉さんは十年前、銀座《ぎんざ》でホステスをしていた。だがより生活費を稼ぐために、ママの紹介でＳＭクラブでのバイトも始めた。そこで複数プレイの最中、過ぎた行為のせいで亡くなってしまった。そのプレイにかかわっていたのが君が殺した男たちだった……そういうことだろう？」

「………自殺で処理されたの。首をつったって。誰かが縄で絞めたんだろうにね」

ゆかりはそう言うと、はあ、と大きく息を吐き出し、言葉を続けた。

「両親が交通事故で亡くなったの。多額の借金を残してね。お姉ちゃんも私も、負の遺産は相続しなくていいなんてこと知らなかったから、お姉ちゃんは必死に働いたわ。ＳＭクラブなんて、辛いばかりだったろうに……」

「客の一人が警察に顔が利いたために、自殺として処理されたが、君は納得いかなかった」

「いくわけないわよ。連日交番に通ったけど埒《らち》が明かないので新宿署にも通い詰めたわ。捜査責任者の横手さんには何度も諭された。気持ちはわかるけど自殺という判断が下った以上、それを受け止めるしかないって。等々力さんがそれを見ていたと本人から聞いて驚いたわ。その頃にはぺーぺーの刑事なんて眼中になかったから」

ふふ、とゆかりが笑い等々力を見る。

「しかもこの人、私を一発で見抜いたのよ。びっくりしたわ。綺麗《きれい》になるために整形を繰り返したおかげで、自分だってもとの顔を忘れているくらいなのによ？」

「……それは……」

等々力が何か言いかける、その言葉に被せ、ゆかりが話し出す。

「美人のお姉ちゃんにくらべて私は本当に冴《さ》えない子だった。お姉ちゃんの死の真相を知るには、お姉ちゃんの勤め先に潜入するしかないと思ったから、それで風俗で稼いでは整形費用にあてていたわ。おかげで望みどおりの容姿を手に入れることができた。銀座のお店にも潜り込めたし、姉を殺した相手に気に入られることもできた。誰も彼も、私が妹だということにはまるで気づかなかった。なのにどうしてあなただけが気づいたの？」

不思議そうに問いかけたゆかりに、等々力は一瞬、言葉を選ぶようにして黙り込んだあと、静かに口を開いた。

「……目を見て、すぐにわかった」

「目？　目なんて一番、いじったわよ」

眉を顰《ひそ》めたゆかりだったが、続く等々力の言葉を聞き、あ、というように口を開いたきり絶句した。

「哀しさと悔しさと……それに必死さが表れていたから……。十年前、制服姿のいたいけな君の悲しみや悔しさを、必死の願いを受け止めることができなかったことを、一日たりとて忘れたことはなかったから………」

「嘘よ……」

いつしか項垂れてしまっていた等々力を見やり、ゆかりがぽつりと呟く。

「嘘じゃない」

それに答えたのは、等々力本人ではなく羽越だった。

「………」

ゆかりが羽越を見やり、続いて彼がはめている猫耳を見てふっと笑う。

「信じられないわ。そんなふざけたものつけた男の言うことなんて」

「本当だよ。等々力が無言を貫いていると聞いて、すぐピンと来たのは、彼から散々君の話を聞かされていたからだ」

羽越が猫耳を外し、スーツの内ポケットに仕舞う。

「耳は外した。これで信じてもらえるかな？」

「信じないわよ。結局はこうして私を売ったんじゃない」

ゆかりはそう吐き捨てたが、口調は激しいものではなかった。

「復讐のすべてを終えたら君は死ぬつもりだと、僕が言ったからだ」

羽越もまたゆかりの前に膝をつき、彼女の顔を覗き込む。

「……そうじゃなきゃ、罪を被ったままいてくれたっていうの？　自分の人生棒に振って？」

「そうです」

「適当なこと言わないでよ」

即答した羽越にゆかりが言い返す。

「適当なんかじゃありません。耳も外しているでしょう？」

「耳ってなによ」

噴き出したあと、ゆかりは天井を仰ぎ見、

「あーあ」

とまた溜め息交じりの声を漏らした。

「復讐、最後までやり遂げたかったな」

「……やり遂げて死にたかった？　お姉さんはそんなこと、望んじゃいないと思いますがね」

羽越の言葉を聞き、ゆかりは激昂するかと思いきや、微笑み首を横に振った。

「……そうね。でも私はやりたかった」

「申し訳ないっ」

ここでそれまで黙っていた等々力が大きな声で詫びたかと思うと、ゆかりに向かい這《は》いつくばるようにして頭を下げた。土下座である。

「と、等々力さん……っ」

傍で箱林が悲鳴のような声を上げる。等々力はその声をかき消すような大声で、何度も何度もゆかりに対して詫び、頭を下げ続けた。

「本当に申し訳なかった！　お姉さんの事件を捜査することができず、本当に申し訳ない！」

「…………等々力さん…………」

ゆかりが等々力に呼びかけて尚、等々力は彼女に詫び続けた。

「新人で発言権がなかったなんてことは言い訳に過ぎない。声を上げるべきだった。あれは殺人だと主張すべきだった。本当に……本当に申し訳ない……っ」

「……あなたのことなんて、覚えてなかったわ……」

ゆかりがそう言い、泣き笑いのような顔を羽越に向ける。

「全然覚えてなかった。覚えていたのは捜査責任者の横手って刑事だけ。毎日毎日、警察署に通った私の相手をしてくれたのはあの人だけだったから。結局あの人も責任とらされて辞めさせられた被害者だったのよね。余命幾ばくもないってわかったからって連絡をくれたの。自分ではバチが当たったんだと言ってたわ。もう亡くなった？」

「いえ……」

羽越が首を横に振る。

「そう。私に全てを教えたこと、きっと後悔してるわね」

ゆかりはそう告げるとぽつりと一言、

「悪いことしたわ」

と呟き、頭を下げたままでいた等々力へと視線を向けた。

「……あなたにも……悪いことをしたわ……」

「………いいえ………」

等々力が低い声で答え、尚も額を床に擦りつける。

「悪いのは我々警察です」

「……だからって、人を殺していいわけがないとは、わかってたのよ」

ゆかりがぽつり、ぽつりと呟く声が駐車場内に響いていった。

「でも復讐せずにはいられなかった。いつの日か、敵《かたき》をとってやるって思いながらこの十年、生きてきたわ。その思いがなければ生きてこられなかった……」

「……ここにきて復讐の対象が明らかになった。横手さんが連絡をくれたから」

「全部、うまくいきすぎたの。姉を殺した男たちをたらし込むことなんて本当にできるのかと思っていたけど、どいつもこいつも簡単に引っかかった。ストーカーなんて嘘だったのに、マスコミに情報をリークしたらすぐ大騒ぎになった。全部が全部、うまくいきすぎて、怖くなった。もしかしたら神様が後押ししてくれてるんじゃないかと思ったくらいよ。馬鹿よね。神様が人殺しなんて後押しするわけがないのに」

ふふ、とゆかりが笑い、羽越を見る。

「姉だって望んじゃいなかったと思う……それはわかっていたの。でも……でも、もう自分を止められなかった……」

「ゆかりさん……」

等々力が顔を上げ彼女の名を呼ぶ。

「……ごめんなさい……等々力さん……」

目が合った瞬間、ゆかりの大きな瞳からぽろぽろと涙が零《こぼ》れ落ちた。

「……ごめん……ごめんなさい……っ」

「悪いのは俺だ。申し訳ない」

ゆかりが頭を下げ、等々力がそんな彼女に頭を下げ返す。

「ごめん……っ」

ゆかりは耐えきれずに嗚咽《おえつ》を漏らしたその直後、うわあ、と声を上げて泣き始めた。

「ゆかりさん……」

震える彼女の華奢《きやしや》な肩を、等々力が震えを止めてやろうとしているかのように両手でしっかりと摑む。その等々力の頬も涙に濡《ぬ》れていた。

ゆかりの慟哭《どうこく》が駐車場内に響き渡る。何人もの人間を手にかけてきた殺人者だとわかっているのに、僕はどうしても泣き濡れる彼女に対し、恐れや嫌悪感ではなく、やるせない思いを抱かずにはいられなかった。


暫く声を上げて泣いたあと、気持ちが落ち着いたのかゆかりは顔を上げ、まず等々力に頭を下げた。

「申し訳ありませんでした」

そしてすっと両手を前に出す。

「手錠はいいだろう」

横から羽越が声をかけると、今度、彼女の視線は彼へと移った。

「……申し訳ありませんでした」

ゆかりは羽越にも詫びたが、それに対する羽越の答えは、

「にゃー」

人語ではなかった。ゆかりは一瞬、面食らった顔になったものの、すぐ、ふっと笑い俯いた。

「行こうか」

等々力が彼女の腕をとり、立ち上がらせる。

「はい」

大人しくゆかりは等々力の手を借り立ち上がると、改めて羽越に頭を下げた。

「私を止めてくれてありがとう」

「どういたしまして」

羽越が微笑み、小さく頷いてみせる。それを見てゆかりもまた微笑むと、等々力に促されエ

レベーターへと向かった。

「等々力さん」

箱林が慌てた様子で二人のあとを追う。彼らの姿を見送っていた僕は羽越に肩を抱かれ、はっと我に返った。

「僕らも帰ろうか」

「……はい……」

頷いたものの、実際僕は未だ釈然としない状態だった。犯人はゆかりで、動機は亡くなった姉の復讐だった。おおまかな事件の流れはわかったが細かいところに疑問は残る。

そんな僕の気持ちを察したのか、羽越は肩を抱いたまま僕の顔を覗き込んできた。

「事務所に戻ったら全部説明するよ。ああ、勿論《もちろん》、このあとなんの仕事も入っていなかったら、だけどね」

「……留守電、入っていませんように」

思わず呟いた僕を羽越がふざけて睨む。

「仕事の依頼がなければ君への給金も払えないんだよ」

「そうでした。すみません」

今の今まで、愁嘆場を前にしていたとは思えない羽越の態度は恐らく、作ったものだと思う。

彼もまたやりきれなさを感じているに違いないのだ。

そう思うがゆえに僕もまた、普段と同じ自分を演じることにしたのだが、そんな浅はかな心情は当然、羽越には見抜かれてしまった。

「環君、君はいい子だね」

ぽんぽん、と頭を撫《な》でてくれたあとに「行こう」と先に立って歩き出す。

「はいっ」

それでも僕は敢えて元気よく返事をすると、羽越に続き、駐車場を出るべくエレベーターへと向かった。

エレベーターの扉が一階で開く。

「あ」

思わず僕が声を上げてしまったのは、エレベーターホールに思いもかけない人物の姿を見出したからだった。

横の羽越をおそるおそる見る。というのも、あたかも彼を待っているかのように佇《たたず》んでいたのは、いわくがありすぎる相手、剛田だったためだ。

「お借りしたコートですか？　箱林君が持っていったと思いますが」

羽越はどこまでも淡々としていた。対する剛田は苦虫を噛《か》み潰《つぶ》したような顔をしている。

「失礼します」

　待ち伏せていたようではあったが口を開かない剛田に羽越は会釈をすると僕に「行こう」と声をかけ出入り口へと向かおうとした。

「待て」

　すれ違いざま、ようやく剛田が声をかけてきた。羽越が足を止め肩越しに彼を振り返る。

「礼は言わんぞ。そもそも俺は十年前の事件になどかかわっていない」

「なっ」

　思わず声を上げそうになった僕は、羽越にぐっと肩を抱かれ、はっと我に返った。

「横手の逆恨みだ。責任を押しつけられたとでも思ったんだろうが、とるべき責任だったのだから仕方がないというのに、奴はそれを逆恨みしたのだ」

「横手さん本人の耳に今の言葉が伝わらないことを祈りますよ」

　羽越はさらりとそう言い返すと「行こう」と僕に再度声をかけ、歩き出そうとした。

「いい気になるなよ」

　そんな彼に剛田の抑えた声が飛ぶ。

「どんな後ろ盾があろうと、お前はもう警察を辞めた身だ。一体何ができるというんだ」

「……っ」

酷い。なんて言い草だと息を呑んだ僕の肩を羽越が再び抱き、黙らせる。

「後ろ盾などありませんが、悪い奴を懲らしめることくらいはできますよ」

羽越は振り返ることなくそう言うと、再び歩き始めた。

「ふざけたことを……っ」

背後で呟く剛田の声がする。振り返り、ふざけているのはどっちだと怒鳴りつけたかったが、察したらしい羽越に足を速められ、そのまま僕らは警視庁を出た。

「……頭にきます……」

やりきれない気持ちが口をついて出る。が、すぐ僕は、当事者でもないのに、出過ぎたことを言った、と反省し慌てて詫びた。

「すみません、あの……」

「かまわない。僕もむかついているから」

羽越が明るく笑って僕の謝罪を退ける。

「さあ、帰ろう。美味しいコーヒーが飲みたいな。帰ったらさっそく淹《い》れてくれるかい?」

「喜んで!」

実は羽越の好みどおりにコーヒーを淹れるのは至難の業で、いつも彼から小姑《こじゅうと》なみのチェックを受けうんざりしている。

が、今日こそ、羽越に美味しいと言ってもらえるよう頑張ろう、と僕は心の底からそう思いながら返事をすると、

「頼むよ」

と微笑む羽越に向かい、任せてくれ、と胸を張ったのだった。

事務所に戻り、美味しい——かはちょっと微妙になってしまったコーヒーを淹れることはできた。が、依頼の電話が立て続けにかかってきて、羽越から事件の詳細を聞くことができたのは、夜、事務所を閉めてからのことになった。

日中、羽越の携帯が鳴り、暫《しばら》く彼が電話に向かって話しているのには気づいたものの、誰からと確認することはなかったのだけれど、その日の営業を終えると羽越は突然、

「買い物に行こう」

と僕を誘い、普段はあまり行かない、ちょっとランクの高いスーパーに向かった。

高級食材を迷うことなく籠《かご》にいれる彼の様子を唖然として見ていたが、もしや、と閃《ひらめ》くものがあった。

# 9

予想は当たり、帰宅し調理をしていると——キッチンに立っていたのは羽越のみで、僕はいつものようにリビングでテレビをつけながら部屋の片付けをしていたのだが——ドアチャイム

が鳴り、予想どおりの人物が――等々力が訪れたのを迎え入れたのだった。

もう一人、予想していない人物も一緒にやってきた。金魚のフンよろしくついてきた箱林である。

「やあ、いらっしゃい」

二人をリビングダイニングに通すと、キッチンから羽越が明るく声をかけてきた。

「凄《すご》いですね」

既にテーブルに並びつつある料理を見て、箱林が感心した声を上げる。

「先に始めていてくれていい。環君、ワインを開けてもらえるかな？　ああ、等々力は最初ビールか」

「勝手に始めさせてもらうよ」

等々力が笑ってキッチンへと入り、本当に『勝手に』冷蔵庫を開けるとスーパードライを取り出す。

「箱林は？　ビールでいいか？」

「はい、すべて等々力さんとご一緒で」

箱林が僕なんかには見せたことのない満面の笑みで答えている。本当に心配していたもんなあ、と容疑も晴れ、無事に刑事として復帰したと思しき等々力を、僕もまたしみじみと見つめてしまった。

「とりあえず、乾杯といこう」

メインの料理はまたあとで、と羽越がキッチンから出てくる。いつもながら、エプロン姿も決まっている、と今度は僕が満面の笑みで彼を迎えてしまった。

「環君、ワインは?」

「あ、すみません」

笑って見惚れている場合じゃなかった、と慌ててワインを取りにキッチンへと戻る。

「乾杯はビールにするか」

羽越もまたキッチンに戻り、僕がビールを取り出す傍でグラスを用意した。

「グラスなんていらないよ」

「僕はいるんだよ」

カウンター越しに羽越と等々力のやりとりが続く。

「箱林君はいるだろう?」

はい、とグラスを手渡そうとすると、箱林は一瞬手を伸ばしかけたものの、すぐはっとした様子になり、

「いえ」

と首を横に振った。

「すべて等々力さんとお揃いで」

「まるで一緒だと意外性なくて飽きられちゃうかもよ」

パチ、とウインクし、羽越がそんな彼をちょっと意地悪くからかっている。

「飽きる？　何に？」

等々力は本当にこういうことには疎いらしく、素でわけがわからないようである。報われないよなあ、と同情しつつ箱林を見ると、うるさい、と睨まれてしまった。

「ともあれ、乾杯だ」

羽越がウインクし、自分のグラスにビールを注ぐ。

「あ、僕が」

出遅れた、と慌てて手を出したが、羽越には「いいよ」と断られてしまった。

「使えない助手ですね」

八つ当たりなのかなんなのか、箱林が絡んでくる。

「あまり気が利かないと、飽きられちゃうんじゃないですか」

「解雇されないよう、頑張ります」

僕に仕返ししなくても、と少々恨みがましく思いながら、僕も自分でグラスにビールを注ぎ乾杯の音頭を待った。

「それでは、等々力の帰還を祝って」

羽越が明るく声を上げ、グラスを等々力に向けて差し出す。

「乾杯」

「すべてお前のおかげだ。ありがとう」

等々力は微笑みそう言うと、羽越のグラスに自分のビールをぶつけた。

「乾杯！」

「乾杯！」

そのグラスに箱林と僕も慌ててそれぞれのビールを合わせる。

と、ちょうどいいタイミングといおうか、つけっぱなしになっていたテレビがゆかりのニュースを放映し始めた。

『美人ホステスのストーカー連続殺人ですが、犯人はそのホステス自身であることがわかり、本日逮捕となりました』

「テレビ、消す？」

羽越が等々力に問いかける。

「いや……」

等々力は首を横に振ったものの、視線をテレビから逸らせたので、気を利かせた箱林がリビングへと駆けていき、リモコンを操作してテレビを消した。

「いいのに」

苦笑した等々力がビールを一気に空けたあと、ふう、と息を吐く。

「淡々と自白をしているよ。横手元警部は自分が退職を余儀なくされることになった事件の捜査資料のコピーを辞職前にこっそり家に持ち帰っていた。その後、自分でも調査をし、ゆかりさんの姉を殺した男たちを突き止めた。それらをすべて、ゆかりさんに託したそうだ」

「横手警部は何がしたかったんでしょう。ゆかりさんに復讐をさせたかったのでしょうか」

箱林が首を傾げる。

「逆だろう」

羽越が残りの料理を仕上げるために席を立ちつつ、首を横に振った。

「事件当時以上に犯人たちは皆、それぞれに社会的な地位を確立している。それだけに、法的手段に訴えようとしても潰されるに違いない……そう言いたかったのかもしれない。あとは、こうした人物たちだから自分は口を塞がれたのだという自己弁護も多少はあったかもしれないな」

「羽越は厳しいな」

等々力の言葉に羽越は、ふん、と鼻を鳴らすと、

「明かすなら今じゃなく、そのとき明かせと思うだけさ」

と言い捨て、キッチンに向かってしまった。

「ゆかりの……ゆかりさんのお姉さんが十年前に、ＳＭクラブでのアルバイト中に殺された。その犯人が、今回殺されたゆかりさんのストーカーたちだった……ということですよね」

事件の整理をしよう、と僕はなんとなく沈んでしまった場で一人口を開いた。

「ああ、そうだ」

等々力が律儀に答えてくれる。

「ゆかりさんは復讐のために彼らに近づき、自分から気のある素振りを見せて彼らを夢中にさせた……その四人を殺害する際、実際手を下したのも彼女だったんですか？」

「そうだと供述していたよ。彼女の計画としては四人目に殺した弁護士に三人殺害の罪をなすりつけ、その彼を俺が殺したことにするつもりだったと。俺は彼女のシナリオに当初登場していなかったが、自分のやっていることに気づいているとわかり、それで急遽犯人役を割り当てたそうだ。最後の一人を――剛田を殺すのには邪魔になると思ったと言っていた」

「殺されるところだったんですね……」

僕は実際に等々力が倒れているところを見たわけではない。が、べったりと血の付いた煉瓦《れんが》

は目撃していた。

「石頭で助かった」

等々力が苦笑したところに、キッチンからラザニアの大皿を運んできた羽越が登場する。

「自分の命を投げ出すなんて馬鹿な真似《まね》は金輪際しないでもらいたいよ。お前の仕事は犯罪者の逮捕であることをもう、忘れるな」

羽越は今、酷く真面目な顔をしていた。等々力もまた真面目な表情を浮かべ羽越を見上げる。

「そうだな。警察官としては彼女を止めることを考えるべきだった。たとえもう、走り出してしまったあとだとしても……」

「止めようとしただろう」

悔いの滲《にじ》む声を出す等々力を、羽越が一変して慰める。

「……逮捕すべきだったんだ。そうすれば第四の殺人は防げた」

「証拠も何もなかったんだろう？　逮捕は無理だ」

「羽越……」

冷静に告げる羽越に向かい等々力は何かを言いかけたあと、何を思ったのかやにわに立ち上がった。

「え？」

どうした、と思っているうちに等々力はなんと、いきなりその場で土下座したのだ。

「本当に申し訳ないっ」

「おい、まだ酔ってないだろう?」

ビール一缶だぜ、と羽越が笑いながらラザニアをテーブルにおろし、等々力の傍で膝をつく。

「お前、今日は土下座ばかりじゃないか」

「彼女にも申し訳ないことをしたと思った。が、お前にも俺は取り返しのつかないことを……」

「別に取り返しのつかないことなんかないさ」

さあ、立てよ、と羽越が等々力の腕を摑む。何がなんだかわからないのは僕だけではないようで、箱林もおろおろと二人を見守っていた。

「……剛田に聞いた。お前、俺のためにこれまで絶縁状態を保ってきたお袋さんに連絡を取ってくれたんだろう?」

等々力がそう言い羽越を見る。

「…………」

羽越はそれには答えず、じっと等々力を見返していた。

「……悪かった。本当に……俺は……俺は……」

　等々力の目がみるみるうちに潤んでいくのに、僕はぎょっとし、思わず声を上げそうになった。が、横から箱林に突かれ、慌てて口を押さえる。

「十年前の後悔をお前が未だに引き摺《ず》っていることはわかっていたからな。それを昇華させるのに、僕に使えるものがあってよかったと思っている。これは紛《まご》うかたなき僕の本心だ」

　羽越はそう言うと、すっと立ち上がり、等々力の腕を摑んで彼をも立たせようとした。

「さあ、食べよう。お前のために用意したお前の好物だ。食べて、飲んで、騒いで、亡くなった人の供養にしようじゃないか」

「……ああ、そうだな」

　等々力が目を拭《ぬぐ》いながら立ち上がり、羽越に笑いかける。

「ワイン、開けるか」

「ああ、開けよう。素面《しらふ》で泣くのは恥ずかしい」

　言いながら等々力が冷蔵庫に向かう、そのあとを羽越がついていく。

「これか？」

「そうだな。それはかなりお前好みだと思う」

「ワインはさっぱりでなあ」

「知ってるよ」

ワインを手にする等々力と、グラスを用意しながら彼に笑いかける羽越、二人の姿はまさに十年来の親友同士で、羨望《せんぼう》を胸に僕は心の通じ合う彼らを見つめていた。

「いいですね。等々力さんの中で羽越さんは特別な存在だ」

ぼそり、と横で箱林が呟く。彼の瞳にも羨望の色があり、思いは共通だなと、彼に微笑みかけた。

「…………」

箱林もまた僕に微笑みを返してくれたのは、僕の目の中にも、有り余るくらいの羨望の色を認めたからだろう。

「あれ、二人、いつの間に仲良くなったの？」

「新コンビ誕生かな？」

と、そこに羽越と等々力が戻ってきて、僕らを揶揄し始めた。

その言葉を受け、箱林と僕は一瞬顔を見合わせたものの、すぐ、

「ないです」

「あるわけないじゃないですか」

二人してほぼ同時にそう答えていた。

「やっぱり気が合うな」

「ラブリーコンビ誕生だ」

等々力と羽越が二人して僕たちをからかいの的にする。

「絶対いやです。ラブリーなのは僕だけですからっ」

箱林がきっぱりと言い切るのに思わず苦笑してしまいながらも僕は、確かに彼との間には深い友情の絆は結べないかも、とこっそり肩を竦めてしまったのだった。


その日、等々力と箱林は随分遅い時間まで羽越宅に留まった。

「等々力さん、起きてくださいっ」

ワインを飲み過ぎたらしく等々力は眠り込んでしまい、一時はここに泊めるという話にもなったが、箱林がなぜだか俄然《がぜん》、

「僕が連れて帰りますからっ」

と頑張ったため、タクシーを呼び等々力を官舎まで彼が送り届けることになった。

「送り狼はいけないよ？」

タクシーに等々力を担ぎ込む手伝いをしてやりながら、羽越が箱林に釘を刺す。あまり冗談

には聞こえない口調にどきりとしたのは僕だけで、箱林本人は、

「ときには既成事実を作ることも必要ですから」

と涼しい顔をして答え、僕をぎょっとさせた。

「健闘を祈るよ」

羽越が苦笑し、箱林と眠りこけている等々力を送り出す。

「本気でやりそうで怖いんですけど」

タクシーを見送りながら僕がそう言うと羽越は、

「やったところで等々力がその意味を見出すことはあるまいよ」

と笑い返し、僕の肩を抱いてきた。

「なんです？」

問い返すと羽越が、うーん、と少々困った表情になる。

「単なる憶測だけど、環君の機嫌がそんなによくない気がしたんだ」

「そんなことはないですよ」

実際、機嫌が悪いことはなかった。ただ少し落ち込んでしまっただけで、と、建物内に戻りながら僕は羽越に自分の気持ちを考え考え告げ始めた。

「羽越さんにとって等々力さんは、特別な人間なんだなあ……とは思いました。とても羨《うらや》まし

かったです。僕にはそんな相手、誰もいませんから」

「十年来の親友？」

「はい」

問われ、頷くと羽越は「そうだね」と少し考える素振りをした。

「何も言わなくてもお互いのことがわかっている……とても羨ましかったです。所長は十年前に等々力さんが感じたジレンマを覚えているし、等々力さんは所長のご両親へのジレンマを知っている……入り込めないなあと思いました。恋愛感情はないとは思いますが……やっぱり、ちょっと落ち込みます」

言ってから僕は、しまった、と口を閉ざした。あまりに嫌みっぽいかと気づいたからだ。

「勿論、所長と等々力さんの仲を疑ったことなんて一度もありませんけど」

「もし、等々力が僕を抱きたいとか、抱かれたいとかそういうことを言い出したら……」

「えっ？」

唐突に始まった仮定の話に、僕は驚いて羽越の顔をまじまじと見やってしまった。

「三ヶ月前までなら多少は迷ったと思う。でも、今は速攻、断るよ。僕には君がいるからね」

「……え……？」

なんだか嬉しすぎることを聞いた気がする。信じがたく思いつつ羽越を見る。

「僕にはもう、抱き合いたい相手がいる。だからたとえ彼が何を言ってきたとしても、思いとどまらせる。そういうことだ」

多分、言わないと思うけれどね、と苦笑する羽越に僕は、声をかけるよりは、と抱きついていったのだった。

「環君が等々力に嫉妬《しっと》してくれたのは嬉しいな」

すぐさま向かったベッドで羽越はそう言い、僕をベッドに押し倒した。

「嫉妬しますよ。だって気持ちが通じ合っているんですもの」

言い返しつつ、彼の背を抱き寄せようとする。

「親友だからな」

「親友ってなんか、狡いです」

「狡い……まあ、わからないでもない」

「わからないでもないなら、自重してください」

「自重？」

「あんなにラブラブモード、出さないでください」

「出してないよ」

「出してました。僕だけじゃなく、箱林君も嫉妬させるほどの」

「箱林君か。彼は今夜、願望を達成させそうだよね」

「箱林少年はどうでもいいんですっ」

　本人に聞かれたら怒られるに決まっているだろうに、そう言い切ると僕は羽越に縋《すが》り付いていった。

「あなたの一番でいたい。常に！　誰よりもあなたの傍にいたいんですっ」

「既に実現されている」

　羽越が僕の背をしっかりと抱き締めてくれながら、そう微笑みかけてくる。

「…………それは…………」

　嬉しいけれど嘘だ、と僕は首を横に振った。

「嘘じゃない」

　言わずとも羽越には伝わったようで、苦笑するように笑い顔を近づけてくる。

「ほら、一番近くにいるだろう?」

「…………」

そういう意味じゃなくて、と言おうとした唇をキスで塞がれる。

「ん……」

羽越は言葉にしなかったが、彼が言いたかったのは多分、等々力と僕は違う、ということだったんじゃないかと思う。

等々力も羽越の最も近くにいるし、それは今後も変わらない。だがたとえば等々力が右にいるのだとしたら、君は左にいればいい。そういうことじゃないだろうか。

右、左、というたとえは我ながらアホっぽいなと反省している場合ではなかった。手早く僕から服を剝《は》ぎ取った羽越の手が乳首を弄《いじ》り始めたからだ。

「ん……っ……んふ……っ」

くちづけを交わしながら繊細な指が僕の乳首をきゅうと摘み上げる。合わせた唇の間からつい声を漏らすと、羽越はくすりと笑い、唇を首筋から胸へと下ろしていった。

「あっ……」

片方の乳首を唇に含み、舌先で突いてくる。同時にもう片方をきつく抓《つね》られ、堪らず大きな声を漏らしてしまった。

アルコールが回っているからか、いつもよりも血の巡りが早くて、もう肌が熱してきてしまっている。まだ始まったばかりなのに、と少々恥ずかしく思いつつ、勃《た》ちかけた雄を隠すために腰を捩《よじ》ると、逆にそれで気づかれてしまったらしく、羽越にくすりと笑われた。

「隠すことないのに」

言いながら彼が僕の雄を握ってくる。どくん、と雄が脈打ち、彼の手の中でみるみるうちに形を成していくのが恥ずかしい。

「やだ……」

「いやじゃない」

胸を舐《ねぶ》りながら羽越が僕の雄を扱いてくれる。これじゃああっという間にいってしまう。と僕は両脚を広げ、羽越の背を抱き寄せた。

いくのは一緒がいい。早く繋《つな》がりたい。その願いもまた、口に出すことなく羽越に無事伝えることができた。

「待ってて」

雄の先端から滴っていた先走りの液を掬《すく》い取り、その指を羽越が僕の後ろへと向かわせる。

つぷ、と指先が挿入された途端、その指をより奥へと誘うように内壁がひくつき始めたのもまた恥ずかしく、思わずシーツに顔を伏せた。

「可愛《かわい》いな」

羽越に呟かれ、そんなことない、と首を横に振る。

「可愛いよ」

言いながら羽越がぐっと指を奥まで突っ込み、中を解《ほぐ》し始めた。

「ん……っ……や……っ……」

後ろを弄られるのも気持ちよく、腰が捩れる。雄の先端にはまた透明な液が盛り上がり、竿《さお》を伝って滴り落ちては僕の腹を濡らしていた。

早く欲しい。その願いを込め、腰を突き出す。

「もう大丈夫?」

問うてくる羽越に大丈夫、と何度も首を縦に振ると、羽越は、わかった、というように微笑み、後ろから指を抜いた。

「あっ」

指を追いかけるように内壁がざわつく。堪らず声を漏らした僕の両脚を羽越は抱え上げてくれたが、彼の立派な雄もまたそそり立っているのが嬉しくて堪らなかった。

「いくよ」

羽越が声をかけてから、雄の先端をねじ込んでくる。

「あぁっ」

指とは比べものにならない質感に、僕の口からあられもない声が漏れてしまった。その声に誘われたかのように羽越が両脚を抱え直し、ぐっと腰を進めてくる。

ぴた、と二人の下肢が重なった次の瞬間、激しい突き上げが始まった。

「あっ……あぁ……っ……あっあっあっ」

羽越がリズミカルに、そして力強く腰をぶつけてくる。二人の下肢が重なるたびに、パンパンという高い音が響き渡るほどの激しさに、僕はあっという間に快楽の階段を頂点まで駆け上り、高く喘《あえ》いでしまっていた。

「あっ……あぁ……っ……もう……っ……もうっ……あーっ」

鼓動は胸から飛び出しそうに高鳴り、血液が物凄い勢いで全身を巡っていくのがわかる。熱した肌からは汗が噴き出し、おかげで羽越は何度も僕の脚を抱え直していた。

熱いのは肌だけじゃなく、全身隈無《くまな》く火傷《やけど》しそうなほどに熱していて、脳まで蕩《とろ》けそうになっている。

「もう……っ……あぁ……っ……もう……っ」

喘ぎすぎて呼吸が苦しくなってきた。心臓ももう、破裂しそうだ。救いの目を向けた先では、息一つ乱していない羽越が、

「わかった」

と微笑み頷いてくれ、僕の片脚を離した手で雄を握り込んだ。

「アーッ」

一気に扱き上げられ、直接的な刺激に耐えられずに僕はすぐに達すると、白濁した液を羽越の手の中に放っていた。

「……っ」

羽越もほぼ同時に達したようで、僕の上で少し伸び上がるような姿勢になる。

下から見上げた顎《あご》のラインが本当にセクシーだ。見惚れていると視線に気づいたのか羽越が僕を見下ろし、にっこりと笑いかけてきた。

「なに？」

「……好きです、所長」

思わずその言葉が口から漏れる。意図して告げたわけではなく、本当に想いが口をついて出た、という感じで、言った当人の僕がなんだか驚いてしまった。

「…………僕も好きだ。環君」

羽越が嬉しそうに笑いながら、そっと唇を寄せてくる。

僕の呼吸を妨げないように、細かいキスを繰り返し落としてくれる彼の優しさに、ますます愛しい気持ちを募らせながら僕は、両手両脚でその背をしっかり抱き締め、それこそ『誰より近く』にいる幸福を実感したのだった。

世間の注目が集まる中、ゆかりの裁判が始まった。十年前の彼女の姉の事件も白日の下にさらされ、再捜査が開始されたという。

「おそらく、剛田も無傷ではいられないだろうね」

「どうだろうな。関係者は殆《ほとん》ど亡くなっているし」

経過を伝えにきてくれた等々力と羽越は相変わらずツーカーの仲を僕に見せつけてくれていた。そんな彼らにジェラシーを覚えているのは僕だけじゃなく、金魚のフンよろしく今日も等々力についてきた箱林もまた、悔しげな視線を愛する男へと向けている。

因《ちな》みに等々力が泥酔したあの夜、箱林少年は『既成事実』作りを目論み、なんとか自分のベッドに引き摺り込むことはできたらしいが、翌朝、互いに全裸で寝ていたというシチュエーションに対する等々力の発言に、二十七年の人生でここまでの挫折《ざせつ》を味わったことはない、という気持ちに陥ったそうである。

そのときの等々力の台詞《せりふ》はこうだ。

『二人で裸になったってことは、昨夜はかなり暑かったんだろうな』

少しも『色っぽいことがあった』と思いつかない様子の等々力を前に箱林は『はい』と頷くしかなかったという。その話を羽越経由で聞いたとき、いくら自分にあたりがきつい箱林とはいえ、同情を禁じ得なかった。

さすがにそれで彼も諦《あきら》めたかと思いきや、さすが元ヤン――かは知らないが――肝が据わっているというかしぶといというか、次なるチャンスを虎視眈々《こしたんたん》と狙っているとのことで、応援したいようなしたくないような複雑な気持ちである。

「横手さんが弁護側の証人に立ちたいと手を上げている。さすがに法廷に来るのは無理だが、弁護士にあらいざらいぶちまけているという話だ」

「明日をも知れない状態だったんじゃなかったのか?」

羽越が驚いたように目を見開く。

「気力……かな。なんとしてでもゆかりを救いたいと思ったんだろう」

「人間というのは不思議な生き物だねえ」

揶揄しているような言いぶりではあったが、等々力は羽越を責めることはせず、ただ、

「本当だな」

と頷いたのみだった。

多分等々力には、羽越の複雑な心中がわかっているからだろう。

剛田に一矢報いたいという気持ちと、その『一矢』が自分の手によるものではないというジレンマ。加えて今や強大な権力を手にした彼にとっては今回の『一矢』などかすり傷をも負わせることができないのではないかとの諦観《ていかん》。

僕の想像する羽越の心中があっているかいないかは、本人に聞かない限りわからない。等々力はきっと、かなり正解に近いところまで到達しているんだろうな、と思いつつ彼を見ると、視線を感じたのか彼も僕を見返し、パチ、とウインクした。

「……っ」

なんだそのウインクは、と動揺すると同時に、気づいた箱林に悪鬼のような目で睨まれ、あまりの迫力に言葉を失う。

「ん?」

顔色を失った僕を不審に思ったらしく、等々力が箱林を振り返ったときには、既に彼は甘えるような笑顔を等々力に向けていた。

「ともかく」

わけがわからない、と首を傾げながらも等々力が、いつの間にかポケットから取り出していた猫耳カチューシャを弄《もてあそ》んでいた羽越に笑いかける。

「お前も心中穏やかではいられないだろう……が、今は環君に癒してもらえるから大丈夫か」

僕は、ねえ、とまたも彼に笑顔を向けられ——同時に箱林に凶悪な目線をも向けられたが——本当にそうあってほしい、という思いを胸に頷こうとした。そんな僕の肩を羽越がぐっと抱き寄せる。

「まさにそのとおり。環君は僕にとっての最高の癒しだ」

「マイナスイオンでも出してるんですか」

箱林が意地悪く突っ込んできたのに羽越は、

「ああ、そうだよ」

と笑って受け入れ、ね、と僕の目を覗き込んだ。あまりの近距離で見る端整すぎるほど端整な顔には未だに慣れることができず、どぎまぎしてしまい言葉が出てこない。

「相変わらずバカップルだなあ」

揶揄してきた等々力に、

「羨ましいか」

と羽越が笑い返す。

「はいはい、羨ましい羨ましい」

心底呆れて返す等々力はちっとも『羨ましい』とは思っていないようだったが、僕のほうでは彼を羨む気持ちをずっと持ち続けていくんじゃないかと思う。

でも嫉妬はしない。いつの日か、彼と同じくらい羽越を理解できるようになりたいとは切実に願うが、彼は彼、僕は僕だ。

羽越が等々力を大切に思うように、僕もまた羽越にとって『大切』な存在でありたい。そのためにはもう、自分を磨くしかないじゃないかと、ようやく吹っ切れたのだ。

等々力は僕の目から見てもナイスガイだ。ちょっと鈍感なところはあるが、正義感が強く友達思いであり、人の心の痛みがわかる、素晴らしい刑事だと思う。

比べて僕は、今のところこれといった利点を一つも思いつかない。それこそマイナスイオンでも出せればいいのだが、当然ながらそんな機能はついちゃいないので、まずは羽越の力に少しでもなれるよう、探偵助手としてスキルを磨いていきたい。

心の中で決意を固めていた僕の声はどうやら、名探偵の羽越にはまる聞こえだったようだ。

「頼もしいね」

そう微笑んだかと思うと彼は、なぜわかるのだ、と驚き目を見開いた僕の肩を再び抱き寄せ、等々力や箱林の前であるにもかかわらず、嬉しさを抑えかねた様子で頬にチュッとキスしてくれたのだった。

# あとがき

はじめまして&こんにちは。愁堂《しゅうどう》れなです。この度は二十九冊目のキャラ文庫となりました『猫耳探偵と恋人』をお手に取ってくださり、本当にどうもありがとうございました。

猫耳探偵、二冊目です。前回笠井《かさい》先生が描いてくださったキャラを拝見したときから、是非ともまた彼らに会いたい！　と切望していましたので、こうして二冊目を出していただけて本当に嬉しく思っています。これも皆様の応援のおかげです。どうもありがとうございます。

超イケメン、そして超優秀な探偵なのだけれど、推理のときにはなぜか猫耳カチューシャを装着する変人探偵、羽越《はねこし》と、そんな彼に対し常に心の中で突っ込んでいる助手、環《たまき》君の二時間サスペンスチックなラブストーリー第二弾、いかがでしたでしょうか。とても楽しみながら書かせていただいたので、皆様にも楽しんでいただけるといいなと祈っています。

イラストの笠井あゆみ先生、今回も本当に本当に本当に！　素晴らしいイラストをありがとうございました!!　羽越と環君の二人も勿論感激でしたが、今回、等々力《とどろき》と箱林《はこばやし》少年（少年じゃないですが）の口絵に狂喜乱舞でした！

また今回も大変お世話になりました担当様をはじめ、本書発行に携わってくださいましたすべての皆様に、この場をお借りいたしまして心より御礼申し上げます。

最後に何よりこの本をお手に取ってくださいました皆様に御礼申し上げます。

第二弾は羽越の親友、警視庁捜査一課の等々力刑事と、彼に心酔している部下の箱林刑事が活躍しています。箱林君の活躍は、実は一冊目『猫耳探偵と助手』で笠井先生が描いてくださった1カットの美少年ぶりを拝見してめちゃめちゃテンションあがったからだったのですが、自分でも思いもかけない方向にいってしまった感じがします（笑）。

本作品のキャラは自分でもとても気に入っているので、また機会があったら続きを書きたいなと思っています。よろしかったらリクエストを編集部にお送りくださいね。

ご感想も心よりお待ちしています！

次のキャラ文庫様でのお仕事は、来年文庫を出していただける予定です。次作はちょっと書いたことのない設定になるかと思いますのでどうぞお楽しみに。

また皆様にお目にかかれますことを切にお祈りしています。

平成二十五年九月吉日　　　　　　　　　　　　　　　　　愁堂れな

（公式サイト『シャインズ』http://www.r-shuhdoh.com/）

この本を読んでのご意見、ご感想を編集部までお寄せください。
《あて先》〒105－8055　東京都港区芝大門2－2－1　徳間書店　キャラ編集部気付
「猫耳探偵と恋人」係

■初出一覧
猫耳探偵と恋人……書き下ろし

Chara

猫耳探偵と恋人……【キャラ文庫】

2013年10月31日　初刷

著者　愁堂れな
発行者　川田　修
発行所　株式会社徳間書店
〒105-8055　東京都港区芝大門2-2-1
電話048-451-5960（販売部）
03-5403-4348（編集部）
振替00140-0-44392

印刷・製本　株式会社廣済堂
カバー・口絵
デザイン　長谷川有香＆百足屋ユウコ（ムシカゴグラフィクス）


ISBN978-4-19-900728-6

# 好評発売中

## 愁堂れなの本
## 【猫耳探偵と助手】
イラスト◆笠井あゆみ

理不尽な理由で会社を解雇された環《たまき》。茫然自失で訪ねた探偵事務所で出会ったのは、美貌の探偵・羽越《はねこし》！　なぜか猫耳カチューシャを頭につけた羽越は、一目見るなり「君は今日から僕の助手だ！」と高らかに宣言！　いきなり事件現場を連れ回される羽目に。そんな折、環のアパートが放火で炎上!!　おまけに元上司が遺体で発見されて…!?　猫耳の道化役は仮の姿!?　変人探偵と新米助手の事件帖♥

# 好評発売中

## 愁堂れなの本【孤独な犬たち】

イラスト◆葛西リカコ

なぜ兄は死ななければならなかったのか――。謎の爆破事件で唯一の肉親の兄を失った香介《きょうすけ》。茫然自失の香介の前に、大川《おおかわ》組若頭の加《か》納《のう》と名乗る男が現れる。「お前の兄を殺したのは俺だ」――闇夜を背負ったような黒ずくめの姿と表情のない冷たい瞳――兄はヤクザとかかわって殺された…!? 真相を突き止めるため大川組に潜り込む香介。ところが加納に「俺の女にする」と目をつけられてしまい!?

# キャラ文庫最新刊

## 先輩とは呼べないけれど
可南さらさ
イラスト◆穂波ゆきね

堅物な保健所職員の理人《りひと》の新しい上司は、なんと高校時代の先輩で初恋の相手・及川《おいかわ》!!　飄々とした及川に戸惑うけれど…!?

## 猫耳探偵と恋人　猫耳探偵と助手2
愁堂れな
イラスト◆笠井あゆみ

美貌の探偵·羽越《はねこし》と、その恋人兼助手の環《たまき》。羽越の親友・等々力《とどろき》刑事が逮捕された!?　二人は殺人容疑のかかった彼を救えるか!?

## FLESH《フレッシュ》 & BLOOD《ブラッド》㉑
松岡なつき
イラスト◆彩

スペイン艦隊がコーンウォール半島に!!　ジェフリー率いるグローリア号は、海斗やキットを乗せ、プリマス沖の初戦に向かう!!

### 11月新刊のお知らせ

菅野 彰 [花屋の店番　毎日晴天！12] cut／二宮悦巳
高遠琉加 [Under the rose　神様も知らない3(仮)] cut／高階 佑
吉原理恵子 [影の館] cut／笠井あゆみ
渡海奈穂 [学生寮で、後輩と] cut／夏乃あゆみ

11月27日(水)発売予定

お楽しみに♡